垫底辣妹
升学记

[日] 坪田信贵 著

胡欢欢 译

NEWSTAR PRESS
新星出版社

新经典文化股份有限公司
www.readinglife.com
出 品

目 录

第一章 与金发辣妹沙耶加的初次会面

- 2 露肚脐的金发少女潜力无限
- 5 高二学生,连 strong 这个单词都不认识
- 9 "圣德太子,好惨一人哪"
- 14 分不清东西南北
- 17 初步显露的变化

第二章 糟糕透顶的家庭情况,妈妈的理念受到质疑

- 26 这个家庭,太失败了!
- 29 沙耶加和妈妈
- 32 怪兽家长?妈妈的过去和理念
- 35 "孩子会走偏,都怪你这个当妈的!"
- 39 显露狡猾肮脏的一面,还称得上教育吗?
- 41 沙耶加变成辣妹的原因
- 44 辣妹的脑袋里都装了些什么

47　辣妹沙耶加与我的初次会面

48　"这个老师很爱笑啊"

第三章　开始备战高考，神奇回答接二连三

52　"老师不好意思，我能睡个十分钟吗？"

56　不会被人看扁，也不会被说"你根本不行"

57　初露端倪的进步

61　"绝对要让你刮目相看"

64　"你为啥变得这么丑？"

66　"我预感老师会问，所以已经提前做过功课了哦"

第四章　引导沙耶加的心理学技巧与教育方式

70　沙耶加所面临的高考备战，是一道难关

71　一个偏差值三十分的差生想考上庆应大学意味着什么

73　如何制订目标与计划、如何提升士气

74　成长的第一个必要条件：意志力

76　成长的第二个必要条件：目标

78　成长的第三个必要条件：计划

81　沙耶加奋起直追的原因

84	布置什么样的作业能维持孩子的学习动力
87	帮助沙耶加打好基础
91	怎么做好课堂笔记
92	背诵的诀窍
93	如何有效学习英语
95	如何有效使用词典
97	如何有效背英语单词
99	如何有效学习英语语法
101	针对英语长篇阅读和速读的学习技巧
103	英语精读的技巧
106	听力练习——理论篇
107	听力练习——技巧篇
109	注意英语长篇阅读题中的陷阱题
112	关于小论文写作的技巧
115	小论文和沙耶加
117	沙耶加和日本史
121	学渣如何有效学习历史
123	沙耶加和日本近代史

第五章　眼中的高墙——"我是真的注定考不上庆应吗?"

- *126*　高考倒计时半年,考上庆应的可能性近乎为零
- *129*　"不考庆应也无所谓呀?"
- *132*　哭着想放弃的那个晚上
- *134*　下雨天,在妈妈的陪伴下参观庆应大学
- *136*　"爬山也是有方法的,你知道吗?"
- *138*　爸爸的变化
- *140*　有效化解压力的好办法
- *142*　"我女儿日夜苦读,能让她补眠的只有学校课堂时间了"
- *145*　"我真的很想考上庆应"
- *146*　关心沙耶加的两个人

第六章　垫底辣妹终于走进以庆应为目标的高考战场

- *152*　"要是再给我一个月就好了,我肯定准备得更充分!"
- *155*　第一道难关:被称为西之庆应的关西学院!
- *157*　考场在上智大学,意外面临苦战
- *158*　补习班最后一次课上发生的事情
- *162*　终于踏入第一志愿庆应大学文学院考场,然而……

164 　　走进复习时总是成绩最差的综合政策学院考场
166 　　考试时想起了补习班的一次对话

第七章　高考成绩放榜与心连心的家人

170 　　关西学院和明治大学都考上了！但是第一志愿呢？
171 　　"再怎么努力也是瞎折腾"
173 　　结果揭晓
174 　　不想接通的电话
177 　　"你的脸好脏哦！"
178 　　沙耶加一家接下来的打算

后　记

沙耶加的信

附　录　坪田式人才培养法

第一章
与金发辣妹沙耶加的
初次会面

露肚脐的金发少女潜力无限

"这样的女孩为何要来补习班参加报名面试呢？"

这是我初见沙耶加时真实的第一印象。

那时正值学校暑假期间，我眼前的女高中生披着一头打理得十分漂亮的金色卷发，五官甜美，却戴着假睫毛，画着浓妆，项链和耳环叮当作响。身上是一件露肚脐的短T恤，一条长度在膝盖以上、短得不能再短的低腰超短裙，脚踩一双"恨天高"。做着时尚的美甲，浑身上下还散发着一股浓烈的香水味。

简直就是"辣妹"这个词的最佳范本。在名古屋，那些打扮时髦的女孩有个专有称呼——"名古屋靓女"，我一下子就觉得，这说的不就是我眼前这个女孩的模样嘛。

但也仅此而已，我后来对沙耶加的印象并不坏。

因为当我一如既往地礼貌地对她鞠躬，说"好的，以后就交给我吧"时，沙耶加也慌忙点了点头，回道"麻烦老师了"。

多年来在补习班与学生打交道的我瞬间意识到，这个女孩外表看起来张牙舞爪的，骨子里其实是个蛮守规矩的乖宝宝。

我了解了一下她的情况，她就读于名古屋某个被称为"贵族女校"的私立女子高中，目前念高二。从初中到高中一路都是直升，几乎不必参加任何升学考试，但由于她日常品行不良，已经好几次被罚无限期停课，处境很糟糕（没办法获得校内推荐的升学名额），而且以她现有的学习水平，根本没办法考上其他学校——基于以上种种，她的母亲从熟人那里打听到我们补习班的风评还不错，便带上女儿来这里咨询报名了。

当时，她在学校的成绩可以说是年级倒数第一，垫底的存在，偏差值①还不到三十。

但是，她能在第一次见面时礼貌地做出回应，说明这孩子本性非常真诚。

我是学心理学的，习惯在第一次跟学生见面时，通过仔细观察他们的动作和反应来判断学生的性格，以此制订适合他们的一对一辅导方法。

当然，其中也有我个人认为不太好带的学生。这类学生在第一次见面时，常常会因为害怕不敢跟老师有眼神接触，也不愿意打招呼。

遇上这种情况，作为老师不能去一一计较，而是要一直释放善意，尽可能礼貌地应对，这才是最重要的。这么一来，对

---

① 日本对学生智能与学力的一项计算公式值，是高考录取的一大参考依据。平均值为50，高于60可考取较好的大学。

方（学生）也会以相同的方式做出回应（心理学上称为"善意的回馈"）。

这种时候千万不能去指责或者斥骂学生，不能让孩子觉得"又多了一个只会骂我的大人"。

所以和学生初次见面时，我都特别注意提醒自己，要把背脊挺直，看着学生的眼睛，认真地打招呼。

沙耶加虽然外表看起来像个小太妹，但在这一点上却做得很好，是初次见面就能好好打招呼的孩子，所以我认为她是"没问题的"。

我先问她："你想报考的第一志愿是哪一所大学呢？"

她马上答道："不知道。"

于是我又问："报东京大学怎么样？"

她说："那里的男生好像都戴着厚厚的眼镜埋头学习，学校土里土气的，我不喜欢。"

我心想"原来是这样啊"，便又问她："那就报考庆应大学吧？听说过'庆应系帅哥'这个词吗？我觉得像你这样的女孩子如果考上庆应，一定会很有意思哦。"

听我这么说，她笑了起来。"嗯嗯，那确实！庆应的男生都是帅哥！而且如果我能考上的话，大家都会觉得我很厉害呢！"

换作一般的老师，或许会认为这孩子是个傻蛋吧。

坦白说，我也这么觉得。但我同时感觉这孩子其实有很大的可能性，虽然傻，也需要好好地呵护爱惜。

她的内心真诚坦率，和外表完全不同。她一定行的，可以说是潜力无限。

自视甚高但性格莫名有些别扭的孩子，是很难改变个人主见的。他们通常会把"嗯，好的，不过……"挂在嘴边，行动上却往往不会有任何改变。这类孩子辅导起来很麻烦。他们觉得承认过去的做法"不对"或是"愚笨"，是一件很羞耻的事，所以总会下意识地反抗。

反观沙耶加，倒是十分愿意接受我的建议。没错，这孩子是有成长空间的。

就这样，这个偏差值只有三十、成绩是年级垫底的女孩，决定报考全日本最难考的私立大学——庆应义塾大学。

高二学生，连 strong 这个单词都不认识

定好了目标院校，首先应该做什么呢？当然是测试学习水平。

于是，我当面考了考她，看看她的英语有没有达到初中水平，语文又如何……结果不出所料，真是惨不忍睹。

问题：请写出下列英语单词的意思：
"strong" → 回答"星期日"（正确答案是"强壮的"）

"Japan"→回答"ri-ben"（正确答案是"日本"）

问题：请写出下列日语单词对应的英语单词。
"他们的"→回答"hi"（正确答案是"their"）

这些问题都在初一学生的考题范围内，她却没有一道题答对……

星期日（Sunday）和strong，只有s和n这两个字母是一样的。不过，这应该是她花了老大工夫才挤出来的回答吧。还有，"ri-ben"是什么东西啊……用字母拼写就算了，为什么中间还要加条杠，拖长音呢？打算模仿乡裕美[1]的口音吗？

至于为什么把"他们的"的答案写成"hi"（念作"嗨"，英语中打招呼的意思），居然是因为写不出"he"（他）。原来如此，我可以理解，不过这也差得太远了吧！

我忍不住对她说："能达到这么无知的水平，真是难为你了。"她居然回答："啥？什么鞭子[2]？你在说SM的东西吗？"偏门左道的东西她倒是懂得不少嘛。

我觉得蛮有意思的，便让她把以下句子念出来：
"Hi，Mike！"

---

[1] 乡裕美，日本知名歌手、演员，代表曲目为《二亿四千万之瞳-Exotic Japan-》。
[2] 日语中，"无知"和"鞭子"两个词的发音相同。

正确答案应该是"嗨，麦克"，不出所料，她果然念成了"嘻，三毛"，这是打算跟什么猫猫狗狗打招呼吗？

接着，我请她把"He can write letters"这句话的语态从主动改为被动。这道题有点难，结果她写成了日语里的"可能态"，而正确答案则是"Letters can be written by him"。

答案是错的，不过我当时心想，至少她还知道"can"表示"可能"的意思。

几年后，沙耶加聊到这件事时说："我当时连改变句子的语态这句话都听不懂啊，写了可能态后，自己也感觉不对，但如果能蒙对的话就赚了。"

她这几道题的回答确实离标准答案很远，但胜在懂得主动思考，并能写出自己心中相近的答案。

我对她印象最好的一点，就是她不管面对什么样的问题，都没有厌烦，而是带着笑容开心地回答。

她怀着"猜对就是赚到"的心态，不管懂得与否都有问必答，这一点非常棒。

于是我问她：

"你为什么这么开心呀？"

"因为学校里的老师都不跟我聊学习上的事情，只有你一直问我这个那个的。"

原来如此。或许是因为她班上的老师已经对她的学习成绩感到绝望了吧。

"我问你的问题都是在帮你做小测验啦。"（笑）

"我最讨厌的就是考试了。分数一出来，一切都结束了。"

"是吗？我倒觉得分数出来后，一切才刚刚开始。清楚自己哪里不会，然后把这些不会的地方搞明白就好了，对吧？"

"哇！老师，你好乐观哦。真厉害！既然这样，我以后就要把这些不会的题目都搞懂！"

说完这句话，沙耶加乐呵呵地笑了起来。

"没错！你一定能让人刮目相看的。接下来，你会学到很多的知识，学会英语。如果真考上庆应的话，你周围的人肯定都会惊讶得不行，觉得你真的很厉害！因为你把一件他们认为'根本不可能做到'的事情做成了，这会让你变得非常自信。而且，这样的经历在你长大成人以后也是十分宝贵的。"

"哎呀，我真的可以考上庆应吗？啊哈哈哈……"

此刻，我想这个女孩并不清楚"庆应"这两个字的分量到底有多重，更不懂这所大学究竟有多难进吧……

或许连我也是在稀里糊涂的状态下，对她说出这些话的。

当时，她的学习水平在我看来只有小学四年级。一个上高二的辣妹，文化水平才小学四年级，而我必须在一年半之内辅导她考上庆应大学。福泽谕吉大神啊（庆应义塾大学的创办者），对不起，我造次了。

"圣德太子，好惨一人哪"

就这样，沙耶加开始以一周三次左右的频率，到我当时执教的名古屋补习班上课。从那时起，我便过上了被辣妹惊人的想象力"炮轰"的日子。

举个例子，开始学习日本史之前，她曾对我说过这句话："老师，我觉得啊，这个女生，真的是好惨一人哪。"

此时她的食指，正指着一个大家都很熟悉的名字：圣德太子[1]。

为什么她会认为"圣德太子"是个女孩呢？我倒是猜得出来。毕竟最后一个字是"子"，以此推导出人物的性别，可以理解。

但再怎么说，这位人物在日本史上的知名程度也妥妥位于前十名，而且也绝不会有谁觉得他"好惨"吧。究竟是哪里出了差错，导致沙耶加会觉得他惨呢？

"哦，你为什么觉得他好惨呢？"

"因为这个女生肯定是个超级大胖子，才被人取圣德'胖'子[2]这种名字嘛。"

圣德胖子……这都是什么莫名其妙的创意发挥啊。

---

[1] 圣德太子（574—622），日本飞鸟时代的思想家、政治家，推行一系列卓有成效的政治改革。
[2] 日语中，"太"有肥胖的意思。

"等等，我说沙耶加啊，你好歹参加过私立中学的入学考试吧？所以才能在现在这所女校念书。可是你竟然连圣德太子是谁都不知道，会不会太离谱了？"

"噢，那个啊，我当时的入学考试只考语文和数学，现在好像要考四个科目，但当时只考那两科嘛。这种社会历史类的题目，我当然不懂啦。而且上小学那会儿，明妈妈（沙耶加的妈妈）跟我说过，考上这所中学就等于进了大学，再也不用过每天都埋头苦读的校园生活了，让我好好加油。于是我听明妈妈的话，很努力地考上了。从上初中到现在这五年半，我其实什么也没学，连语文和数学都不太会了。"

话虽如此，连圣德太子是谁都不知道，也太夸张了……

这种时候，我常常忍俊不禁，笑出声来。学生也会被我的笑声感染，跟着笑起来。

因为名字叫"太子"，所以误认为对方是个胖女孩——诸如此类用日常生活中的固有观念进行思考的方式，在心理学上称为"朴素实在论"。因为实在觉得太好笑，我不禁夸奖道："你这个思路可真是天才啊！"（这里使用的是心理学上的"再构法"，即改变想象的架构和观看的视角，并给予称赞的一种技巧。）

沙耶加一听，立刻得意地说："没有啦，我就是顺着字面上的意思说的呀。谁看到都会这么想吧？"一副尾巴都要翘上天

的模样，大声说出自己的想法。（笑）

"你很爱东拉西扯啊。"我回道。

沙耶加的特点是一得意忘形，就会像现在这样耍嘴皮子，来强调自己的合理性。不管对错，都会一直强调自己的想法是正确的。

但是她也听得进旁人的建议，并在行为上做出相应的改变，这一点非常真诚坦率。

"好好好，我知道啦。这样好了，你知道的最棒的日本史知识是什么？现在换你告诉我。"

"才不要，我什么都不知道。"

"起码有那么一两个吧？什么都可以，你再想一下。"

"唔……就是没有……啊，我想到了！建立一个好国家①……"

"噢噢噢噢噢，厉害！这个很不错嘛。"

"平安京！"（"黄莺啼，平安立"是平安京建都年代的速记口诀。②）

竟然隔了一下，把两个不同时期的历史事件连在一起，这种"神操作"吓得我差点从椅子上摔下来。

"建立一个好国家"后面接上"镰仓幕府"，难道不是每个

---

① 日本学生用数字谐音的口诀来速记历史事件的年代。日语中，"好国家"的发音与数字"1、1、9、2"相同。有学者认为，日本从平安时代迈入镰仓时代的标志性事件是 1192 年源赖朝受封征夷大将军，在镰仓建立幕府。
② 指 794 年桓武天皇将都城由平城京（今奈良）迁至平安京（今京都）。"啼"的日语发音与数字"7、9、4"相同。

日本国民都具备的常识吗？顺带一提，目前历史教科书上的主流观点认为一一八五年才是镰仓时代的开端，如此一来这句速记口诀便派不上用场了，各位读者请勿见怪。

我决定积极地看待问题。至少她还知道两个和历史相关的知识点呢。

然而，沙耶加接下来的一句话，瞬间把我的乐观打落在地。

"对了老师，这个平安京是什么人啊？"

啊？

啥？

人？

"啊，我懂了，就是建立好国家的人吧！"

等一下等一下，竟然还自说自话地圆上了是吗？我被震惊得哑口无言。

话虽如此，其实我觉得还蛮有趣的，便顺着她的话往下说："那你听说过平城京吗？"

"啊，他们是双胞胎吗？"

"姓氏都不一样吧！"

"以前不是很流行用'京'这个字取名吗？"

"什么时候流行过？"

这样一来一往地交谈，是为了打探清楚沙耶加的个性。

听到她无知至极的回答，我会忍不住打趣。而她的反应却是出人意料，得意扬扬，一副很开心的样子。

我心里笃信"这孩子没问题的",便在不断开玩笑的同时,开始了辅导她学习的每一天。

顺带一提,我这个人比较随性,无论面对什么样的学生都能打趣一两句,但是从来没有让学生羞恼过(我感觉如此)。为什么能做到这一点呢?因为我愿意去发现每个孩子身上的优点。站在爱惜学生的立场上,偶尔开上一两句玩笑,大部分学生是可以接受的。

在初次和学生见面的时候,我一定会努力找出这个学生身上的五个优点,然后说出其中最好的一点夸奖他,"你这一点很棒哦"。这是我养成的习惯。

可以夸奖任何事情,比如"一般人在这种情况下都会紧张,你却能那么自然地笑着和人说话,很厉害啊"。

接下来再开几句玩笑,诸如"不过你能想出这种答案,还真是蛮傻的"。

除了补习班之外,我现在还运营着几家风险投资公司,这项沟通技巧其实也适用于商务场合。

如果第一次和合作对象见面时只在意对方的缺点,不但会不开心,对方也会觉得不被信任,双方就无法建立良好的关系。

所以,我会先找出对方的优点。

这样一来不但自己高兴,对方也会感受到"这个人愿意接纳自己",从而对我产生好感,甚至可以互相开开玩笑。诸如此类的例子很多。

实际上，我在沙耶加身上也运用了这个技巧。

沙耶加曾对我抱怨，班里有些同学"让人火大""那个人在教室里就让我无法集中注意力学习"，我便教她："你先在纸上分别写出这些同学的十个优点，凑数的也行。"

沙耶加个性坦率，真的花了一整晚的时间，绞尽脑汁地写了出来。写出来之后，她突然发现这些同学好像也不错。从第二天起，就能自然地和她们聊天了。

当时她心想"这个技巧真好用"，还告诉我："从来都没有老师教过我这些呢。"

想必她从中学到了一个道理——每个人的缺点也是优点，而优点同时也是缺点，关键在于旁人怎么去看待。

就这样，我和沙耶加一边慢慢建立起信赖关系，一边开始了我们师徒二人的"战斗"。

分不清东西南北

和沙耶加日常交流的过程中，我内心产生了一个疑问。不，应该说是自然地浮现出了这个困惑。

"沙耶加，你会画日本地图吗？"

"怎么可能，正常人都画不出来吧？"

……呃，在你看来不正常的事，在别人眼里可正常得很！

然后，我要求她先试着把日本地图画一下。

一开始她很抗拒，哀号着"不要啦，我不会"，就是不愿画。

我告诉她："随便画个大概就好啦，不必太精细。"

过了一会儿，她画出了下面这张图：

就是这样……

这是什么鬼东西啊？正常人起码会画成下面这样吧：

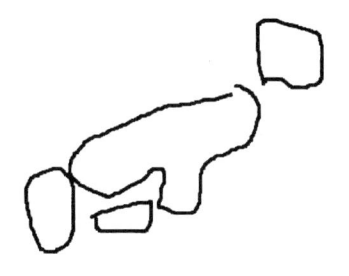

至少得把北海道、本州、四国、九州四座大岛给画出来吧，这孩子画得也太笼统了。

我惊讶地问："你怎么只画一座岛？"

没想到她竟然也十分震惊,回答道:"啊?日本有很多岛吗?"好吧,看来我们都成功吓到了对方。

"你看,北方不是有很多小岛吗?"

"北方?"

……这孩子不会连东西南北都分不清吧?

"我问你,如果地图的上面是北方的话,南方在哪一边?"

"哎呀,我不懂这个啦。"

她的回答让教室陷入一片沉默,紧接着大家都爆笑起来。

"话可不是这么说的,你啊,这可是身为人类的基本常识。"

"才不像老师你说的这样,我那些朋友肯定也不懂!真的!"

"如你所言的话,那我们日本就离灭亡不远了。我说真的,没骗你。"

后来沙耶加告诉我,当时她把这个问题拿去问还在上小学的妹妹,妹妹回答她:"啊?北方在上面的话,南方当然是在下面咯。姐姐,你怎么连这个都不知道啊,太逊了吧。"沙耶加为此很受打击。之后很长一段时间,她都把下面这张图放在书桌前。

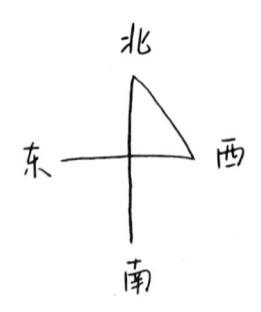

上北下南、左西右东，这张图上的东和西，方向是反过来的……

说个小插曲，沙耶加二十五岁那年，我们聊起这件事时，她还强烈地反驳说："哪有？！老师你太夸张了，我那时明明画了两座岛！"

拜托，这是一座还是两座的问题吗？

初步显露的变化

英语是大学入学考试中最容易拿基础分的科目，也是所有日本高校必考的科目。

因此我颇费了一番功夫，对沙耶加展开英语一科的特训。但对她而言，学英语这件事变得有趣，应该是因为我们补习班用的是玩游戏一样的方法来教学生背单词。

举个例子，我给沙耶加布置了一项作业，要求她回家背完二十个英语单词。

第二天她来上课时，我问她："'明显的'对应的单词是？"

此时我设置了回答时限，一边用手快速地敲击桌子，一边倒数出声："十、九、八、七……"以此制造紧张的气氛。

沙耶加会着急地说："等一下，这题我会的，我知道答案啦！"

当我觉得她似乎快要说出答案时，继续倒数："一、零点九、零点八……"，如果最后她还是没回答出来，就打趣道："时间到。答案是 clear。看吧，又变胖了啊。"或是做出责罚："要是你没答对，明天来上课时不许涂粉底！"

就这样，沙耶加虽然抱怨着自己好像变得越来越丑，却慢慢懂得了学习的乐趣。

我心想，说不定历史这一科也可以尝试一下这种教学方式。

沙耶加虽然曾把"圣德太子"念成了"圣德胖子"，但我从那件事中发现了一种可能性。

很多学生对待历史都是死记硬背，是因为他们"只用人名去对应历史人物"。

想在历史这个学科游刃有余，关键在于学生是否对历史人物感兴趣，是否有对历史事件打破砂锅问到底的执着。

有时候，对某些历史人物或历史事件有感同身受的焦虑或愤怒是很重要的。而沙耶加是有这种感受的。虽然很多都是胡思乱想，但她确实具备天马行空的想象力。

举个例子，日本的历史课本中不会给那些众所周知的汉字标注读音。所以有一次，沙耶加对着书上"武田信玄"这个人名，念到"信玄"就不会念了。

课本上，武田信玄和上杉谦信的川中岛之战其实只有短短两行内容，而沙耶加看到武田信玄画像时的反应居然是："这家伙是干吗的？是个秃头呀。"

我便要求她："你去查查资料，这个人很厉害哦。"

"啊？可是他的头那么秃，看起来一点都不厉害。"

"他真的很厉害。你认识的古代武将中，应该有织田信长这个人吧？"

"哦，可能听说过。"

"可能？你作为名古屋人，应该知道'名古屋三英杰'吧？"

所谓的"名古屋三英杰"，指的是织田信长、丰臣秀吉、德川家康这三位出身于名古屋及周边地区的英杰。名古屋的高中生几乎无人不知、无人不晓……不知为何，沙耶加被问到后竟然面红耳赤，低着头不说话。

"说不出三英杰是谁吗？"

我又问了一次，没想到她竟然给了我一个令人倍感惊愕的回答。

"老师，你在开黄腔吗？！"

哈？开、黄、腔？

沙耶加马上说："淫邪、淫邪、淫邪。这样可以了吧？"①

"这……好吧，是我不好。"

要怪就怪我不该拿生僻词去问她，只好道歉。

"先不说这个了……你知道织田信长在哪一带活动吗？"

"不知道，我不会啦。"

"信长在尾张，德川家康在三河，武田信玄在甲斐。据说当

---
① 日语中，"英杰"与"淫邪"两个词发音相似。

时三河的兵力比尾张强三倍，甲斐的兵力又比三河强三倍。"

我随口说了些从司马辽太郎这类作家的书里看来的东西。

"那你想想，三河的帅哥士兵是尾张的三倍，甲斐的帅哥士兵又是三河的三倍，这样是几倍？"

"呃……"

"三三得……老师，你这种问法，我真的不会啦。"

每次和沙耶加聊天，话题的进展总是像这样偏离主题。

"我跟你说，当时武田信玄和上杉谦信可都是武将中的王者。信玄的军队还因为军士们都骑着动物作战，非常有名。你知道他们骑的是什么动物吗？"

"老虎！"

"……回答错误，老虎是很凶猛，但日本史上没有记载过骑虎出场的武将。正确答案是马，而且有好几百匹。说到这个，你是不是马上会联想到赛马的撒拉布兰道①？不是那种马哦。总之，武田信玄麾下的军士就是骑马去打仗，还被誉为战国最强军团。与他们为敌的上杉谦信则被称作佛祖的化身，化身是什么，你懂得吗？"

"不懂，那个撒拉布兰道，我还以为又是哪个历史人物呢。"

"是赛马的一个品种啦。至于化身嘛，等一下，怎么又聊偏了。你先去查查字典，把化身的含义搞清楚。"

然后，我让沙耶加先回到自己的座位。看了下其他学生的

---

① 热血马的代表品种之一。

学习进度之后,再回来对她进行一对一辅导。我们补习班的教学模式基本都是一对一,老师单独辅导一位学生时,其他学生就做小测或者自习。

沙耶加一边看字典一边说:"老师,太厉害了……我本来是想查'化身'这个词,结果翻到'橡皮擦'的词条,这里面还写了橡皮擦的说明呢。"

"别管什么橡皮擦啦,先把化身的意思找出来。"

诸如此类,沙耶加的注意力总会被新的东西带偏,她还会一一向我汇报。到了最后,我都忍不住笑着吼她:"小心我宰了你啊。"

她就是这样,查字典时看到"橡皮擦"这个常见词,注意力就会被带跑。

好不容易回到上杉谦信的话题,她又问道:"(谦信虔诚信奉的)毗沙门天[1]是什么啊?"

"那个,神啊佛啊的不是有很多位嘛,你知道七福神吗?"

"唔……"

如此这般,不懂的东西接连冒出一大堆,查了还是不懂,就继续查——在这个过程中,她也对更多的事物产生了兴趣。

好不容易讲到上杉谦信犹豫着要不要送盐给敌对的武田军团时,沙耶加突然眼睛一亮,问:"武田将军好厉害,真的很强!我去哪里才能见到他呢?"

---

[1] 佛教四大天王中的多闻天王。

"等你不在人世了,就能见到他了。"

"啊?这么说太过分了吧,老师。"

"我的意思是,你只能在死后的世界遇见他,这个人已经去世很久了。"

这个时期的沙耶加什么都不懂,想法也严重脱离常识。听到我们俩的对话,坐在旁边的同学都爆笑不已。

沙耶加看到大家的反应,心想:"大家都在笑,是不是因为他们都知道答案?只有我什么都不懂?"她好像因此受到了不小的打击,有点沮丧。

我便告诉她:"意识到自己什么都不懂,这叫'已知的无知',是学习过程中最重要的第一步。你其实已经有很大的进步了。"

到最后,关于毗沙门天的解释,我暂时放弃不管了。但对于当时的沙耶加而言,有老师愿意花这么多时间陪她学习解惑,似乎很新鲜,也很有趣。

看到沙耶加面对我的打趣和取笑,不仅没有觉得丢脸,也没有不懂装懂,而是直率地想问就问,我更加坚信这个孩子是有能力的,一定做得到。

而且,遇到学生不停地问"为什么",老师也能及时察觉自己没发现的问题。

这种情况下,老师不能觉得学生很烦人,就蒙混过去,或是觉得权威被质疑,朝学生发火。

我一般会对学生说:"老师也不太清楚,不如我们一起查查看怎么样？"对于现在经营的补习班的其他老师，我也是这么要求的。

如果把知识、老师、学生三者的关系用图画来表示，我认为应该是这样的：

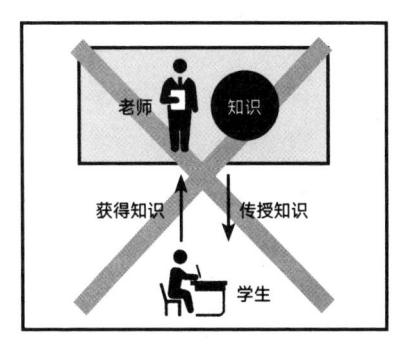

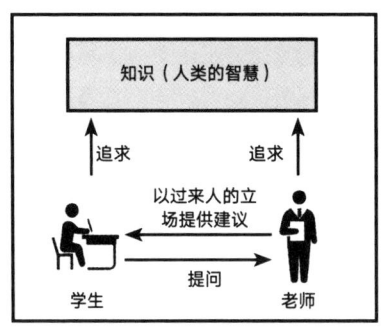

[图：上图（错误示范，打叉）——老师与知识在上方，学生在下方，老师"传授知识"，学生"获得知识"；下图（正确示范）——知识（人类的智慧）在上方，学生和老师都"追求"知识，老师"以过来人的立场提供建议"，学生"提问"。]

我相信，这样做能帮助学生和老师建立更深厚的信赖关系。

话虽如此，面对沙耶加时，我还是常常被她气得忍不住吐槽："你很烦啊。"

第二章
糟糕透顶的家庭情况，妈妈的理念受到质疑

这个家庭，太失败了！

就这样，偏差值低至三十的沙耶加接受了我"报考庆应大学"的建议，开始来我们补习班上课，然而，她身边的人对此是怎么想的呢？

沙耶加就读的学校实行 A 班、B 班、C 班的分班制。

A 班的学生主要是那些"成绩不好的孩子"，据说根本无法从来上课的老师身上感受到教学的热忱。"学生只要乖乖听话，别惹事就行。"沙耶加的印象是这样。

她在这样的班级里就读，然后从她认识我的第二天开始，便四处跟人吹嘘自己"要考进庆应大学"。

当然，那时她估计也觉得能否考上庆应还是未知数，所以才用比较含蓄的语气到处宣传，希望大家觉得这件事有意思。她身边那些辣妹朋友也都半开玩笑地起哄："很好啊，沙耶加，快点考上！"

在其他人和自己眼中，沙耶加都是一个"很容易相信别人"

的人，或许她内心深处某个角落真的相信我说的话吧。

她告诉我，学校里有个老师听说这件事后，说："你要是能考上庆应，我就脱光衣服，在这里倒立转一圈。"而她马上回敬道："好啊，一定让你说到做到！"

沙耶加的父亲（沙耶加叫他"爸爸"，本书中采用相同的称呼）经营着好几家公司，据说听到明妈妈带女儿上补习班，决定考庆应后，气得大吼："开什么玩笑！"

"我不知道补习班给你们灌了什么迷汤，沙耶加怎么可能考上庆应呢……你们是不是被骗了啊？让她上补习班根本就是浪费钱，这笔费用我是不会出的。"

其实，当时沙耶加的家庭氛围并不好。父母二人在孩子的教育方面观念不合，谁也听不进去谁的，夫妻关系降至冰点，已经很久没有好好说过一句话了。

爸爸很想把长子（沙耶加的弟弟）培养成一位职业棒球运动员，严格地对他实施棒球的英才教育，把照顾两个女儿的事情全都丢给妻子，自以为很尊重女儿的意愿，让女儿享受快乐的教育。

沙耶加的妈妈很要强，坚持用自己挣的钱作为姐妹二人的生活开销，不惜在外兼职打工，咬紧牙关自食其力，不想靠丈夫的经济支持。

爸爸呢，也放不下身段，连妻子亲自做的饭都不吃，假借"招待大客户"之名，总是半夜才回家……因为这样的夫妻关系，沙耶加的妈妈甚至想过带着姐妹俩和年幼的儿子离家出走。

其实那个时候，爸爸在家中是很孤单的。那时他刚离职，自己出来开公司，把全部精力都放在了让企业迈入正轨上，忙得不得了。站在第三者的角度看，他无法兼顾家庭也是情有可原的。当他忙到深夜回家后，家里却有一位不愿意跟他说话，而且还没什么好脸色的太太。

"爸爸大概是觉得这个家庭很失败，所以把期望都放在长子身上，一心栽培他成为职业棒球运动员吧。"多年以后，沙耶加这样感慨道。

就这样，这个家庭因为夫妻在子女的教育理念上僵持不下，慢慢演变为爸爸负责照顾儿子，两个女儿则由妈妈看顾，教育责任完全分开。

沙耶加说她的弟弟个性温和，即使背地里常常被她欺负，也不会去找大人告状。但是，爸爸满心期待他成为职业棒球运动员，加在他身上的特训和压力实在太多，到上初中的时候，弟弟开始变得有点阴沉。爸爸其实也察觉到了这个情况，心里很不好受。

沙耶加一直不太喜欢这样的爸爸，听说直到二十五岁才终于理解他的心情。

"爸爸当时内心那么寂寞，对外干吗老装出一副软硬不吃的模样。他出身单亲家庭，家境贫寒，由奶奶抚养长大。爷爷帮朋友担保借钱，欠下了大概一亿日元的巨额债款。他们从住的房子里被赶出去之后，有一段时间只能吃茶泡饭度日。爷爷想自杀了事，但没死成，后来因为癌症去世，家里还留着他自杀前写的遗书。奶奶为了还清债务，只好卖力工作。爸爸就这样在几乎没有大人插手管教的情况下，独自长大成人。奶奶很看重爸爸，为了孩子不停地拼命工作，终于把欠债还清，却没办法在儿子的成长过程中给予陪伴。也许正因如此，从前的爸爸根本不懂怎么跟女性相处。"

最近，听说沙耶加把男朋友带去见父母时，她爸爸说："以前我回到家里，太太都不跟我说话，岳母也给了我很大的压力，当时我真的很不好受。不过，我想太太比我要难受十倍。现在我们夫妻感情能变得这么好，都是她的功劳。"

沙耶加一家人现在相处得非常融洽，但她刚进我们补习班上课那会儿，家里的气氛糟到极点，几乎到了差一步就要四分五裂的境地，实在无法想象。

这也给沙耶加的大学入学考试带来很大的影响。

沙耶加和妈妈

听说沙耶加念小学的时候，是一个认真又老实的小孩，很羡慕班上那些受人瞩目的同学。无法成为众人目光的焦点让她感到自卑。她希望获得大家的喜爱，却无法控制情绪，遇到挫折马上会蜷缩到一边，躲进自己的小世界。她也很讨厌这样的自己。

沙耶加后来告诉我，这可能是当时在内心深处觉得爸爸偏疼弟弟的缘故。爸爸和奶奶一心一意希望弟弟当上职业棒球运动员，将所有心思都放在弟弟身上。弟弟的棒球手套或钉鞋稍微脏了，他们立刻买来新的添上，而自己和妹妹总是穿着旧衣服。全家在一起过新年的时候也是这样，弟弟是能够继承家业的儿子，所以只为他准备了坐垫。沙耶加虽然表面上毫无波澜，但心里一直记着这些场景，多年后仍旧无法忘怀。

其实这种情况在一些地区极为常见……我妹妹也对我说过"好羡慕你啊，哥哥，吃饭的时候总是比我们多一道菜"这样的话。

沙耶加上小学二年级的时候，因为太想让母亲多关心自己一点，有一次从滑梯上摔下来时，故意虚张声势，骗妈妈说是在学校被人欺负才会受伤。

她这样做，只是希望妈妈对自己说一句："没事吧?!"

没想到，明妈妈的反应却跟她设想的完全不一样。

听了女儿的话，明妈妈马上跑去学校反映情况，班主任竟然跟她说："小朋友之间多多少少会有霸凌的情况，不管哪所学校都一样，只能让她去选个长久一点的派系站队了。"

明妈妈觉得非常失望，但还是不放弃。班主任又说："您这样我也没法子，每个班里都会出现爱欺负人的孩子，这很正常，何况这一带的小孩说话都很粗鲁……我们当老师的也很不容易啊，工作那么忙，真的没办法一一推敲学生的内心感受，照顾到每一个人。"

听完班主任的话，明妈妈便说："好，那从明天开始，我家女儿就不来学校上课了。"

"您这说的是什么话，孩子的家长都是想方设法让孩子来上学啊。"

"行，那我作为她的母亲，可以陪她一起上课吗？"

"那怎么行呢？"

"我明白了，我们转学去其他学校。"

班主任顿时哑口无言。

身边的人都劝沙耶加的妈妈"最好还是要听班主任的话"，但她对如此行事的校方失望到无以复加。

当然，明妈妈并不是一味听信女儿的一面之词。她只是没有忽视孩子发出的求救信号。摆出"家长一定会保护你"的姿态，是想让孩子切实感受到这一点。

和班主任谈了三个小时，沙耶加的妈妈始终落落大方，语气轻柔，温和地坚持自己的主张。转学申请最终得到了校方的批准。

新的学校离家很远，明妈妈告诉沙耶加，每天都会接送她上下学。

沙耶加后来跟我说："那时周围的人都说明妈妈是'怪兽家长'，还劝她不能溺爱孩子。"

当时才上小学二年级的沙耶加虽然觉得自己一句话惹来这么大变动，有点心虚，但同时也觉得"我家明妈妈真是太厉害了"。

怪兽家长？妈妈的过去和理念

普通人可能无法理解这位母亲的行为和理念。

但是，沙耶加的偏差值后来能在一年之内提高四十分，应届考上庆应大学，最大的功臣就是拥有这种理念的明妈妈。

接下来，我想多说些这位母亲的故事，或许能给被孩子的教育问题困扰的家长带来一点启发。

沙耶加的妈妈在成长过程中，一直认为自己是个没用的人。

沙耶加的外婆一心想让女儿嫁个好人家，以弥补自己家庭不幸福的缺憾，从小对女儿又打又骂，严厉地教导她学习家务。

这些都是母爱的极端表现。所以沙耶加的妈妈从不怨恨自己的母亲，一直很爱她。

但是因为从小被骂惯了，她养成了会逃避现实，躲到幻想世界的坏习惯。

明妈妈小时候，母亲常常把家务交托给她再出门。她因此能获得短暂的自由时间，总是高兴地畅游在自己的幻想世界中。当临近母亲回家的时间，而该做的家务却还没做完，她就会因为恐惧而全身僵硬，更加干不了活。自己什么都不会做，这让她对自己感到厌恶，却又无能为力。

明妈妈从很小的时候起，就目睹过成人世界丑陋的一面。

她的姨妈是个大美人，得到过选美比赛的冠军，又有高学历，后来嫁给了一位富豪，却把夫家搞到破产。

而她的舅舅身体条件优越，高中时是棒球队明星选手，因为太有野心，反而没能加入任何职业棒球队，人生就此一落千丈。

这些姨婆舅公不断跑到沙耶加外公家去借钱，破坏了外婆原本幸福的家庭。

沙耶加的外婆带上年幼的女儿去找自己的兄弟姐妹讨债。常常是大清早牵着女儿的手，先搭电车，再换乘公交，去往各处。

明妈妈曾经目睹身无分文的舅舅被一大帮语气不善的人团团围住，也见过姨妈哭诉"明天我的孩子没饭吃啦"，甚至还有化着浓妆、衣着花哨的女人跑来大声斥责外婆，因为另一个吃软饭的舅舅惹了麻烦。

那时的明妈妈年纪尚小，只能乖乖坐在一旁默默看着，有次因为肚子饿说了一句，便被外婆瞪了一眼，还被掐了下腿。这一幕她直到现在都无法忘怀。

对孩提时代的明妈妈来说，大人是一种可怕的存在。

同时，这些事情也让她懂得一个道理：一个人不管拥有多么令人艳羡的外表和美貌、手握一流大学的学历或是有媲美运动员的身体素质，只要心不用在正道上，那么这些东西就一点用也没有。她也目睹过许多曾经拥有美貌与地位的成年人，只

33

顾一味往上爬，却被欲望裹挟，从此在人生之路上走偏。

很多人都说沙耶加的外婆太傻，但她就是没办法对兄弟姐妹坐视不管。而且，她坚信自己能把家人拉回幸福的正轨。

这些过去的经历，为明妈妈独特的教育理念打下了基础。

"光有学历或名声一点意义都没有，所以，我不能把成年人的梦想都推到孩子身上。孩子只要做他们真正感兴趣的事情就好，这会培养他们的感性，增加做事的动力。"

"我绝对不会朝孩子发火，也不打孩子。我会耐心地听孩子解释，站在他们的角度，让他们明白怎么做才对。"

"哪怕和全世界作对，我也会坚定地跟家人站在一起——我希望能打造一个这样的家庭，让孩子不怕我。"

"我会时时刻刻对孩子投入满满的爱，教导出不管发生什么都心怀感恩的孩子。懂得感恩，就能感受幸福，好运也会随之而来。这才是一个人最幸福的事。"

孩子总有一天会离开父母的庇护，经历各种苦难、悲伤和辛酸。不过，如果家庭能给他们提供坚实的后盾，让他们一回家就能重获快乐，并且知道爸爸妈妈肯定会夸自己——只要有这样的安全感和想象力，不管将来发生什么，孩子都能过得下去。

这就是沙耶加的妈妈理想中的家庭，她也希望自己成为这样的母亲。

"孩子会走偏,都怪你这个当妈的!"

明妈妈这种教育理念当然招来了很多批判的声音。

因为在这样的理念下长大的沙耶加变成了辣妹,成绩排在年级倒数第一,弟弟进入青春期后也开始叛逆。

身边的人以及亲戚都责怪她:"就是因为你这个当妈的太宠孩子,他们才会变坏。""我家的小孩要是知道你这么惯着他们,我们以后还怎么教孩子?"

他们都觉得明妈妈这种教育方式会带来恶劣的影响,简直就是教育公敌。"没见过像你这样把孩子宠得无法无天的,这么纵容,你家小孩不学坏才怪!"

当时,沙耶加有个同学的妈妈曾当着孩子的面大发雷霆:"我家孩子本来一直每科都拿满分五分,这次竟然有一科只拿了四分,太让我失望了!"

沙耶加和朋友听了,很自信地答了句:

"哇哦,我们几个还没拿过五分呢。"(其实除了体育之外,每一科都只有两分。)

明妈妈也夸奖道:"好厉害啊,只有一科拿四分,太棒了!"。

这位同学的妈妈怒道:"你们有什么资格评价!我家小孩要是没有每科都拿五分,我是不会善罢甘休的!"

听了这话,沙耶加和妈妈目瞪口呆。

许多家长确实担心一味地褒奖孩子,会让孩子不成材。但是根据多年的教学经验和心理学研究成果,我很赞同明妈妈的这种教育理念,尽管有很多人无法接受。(不过我相信看完这本书的读者肯定会理解的,这也是我写这本书最大的目的。)

下面是一段明妈妈的自述:

> 我能理解为什么很多家长把通过严厉打骂管教子女视为重要且必不可少的手段。其实大多数情况下,这种方式只是让家长发泄怒火罢了。如果能怀着一颗慈爱的心,不打骂、有分寸地教导孩子,引导孩子懂得道理,无须棍棒教育,孩子也不会去干"真正的坏事"。当然,这些都需要在家长和孩子之间建立起真正的信赖关系。我女儿虽然是个时髦的辣妹,却没有真的做过什么让我伤脑筋的事情,她知道做坏事会让我伤心难过,所以不会去做。
>
> 只有高中吸过烟这件事,她没有跟我讲过。瞒着我估计是知道我讨厌这种损害健康和生命的东西。学校发现孩子手里有烟,通知我到校了解情况时,沙耶加骗我说她只是帮朋友保管而已。她骗过我的,就只有这件事。
>
> 不过我犯过一个错,至今仍让我在梦里也无法释怀。
>
> 那是沙耶加还在上幼儿园的时候,有一次她发脾气,对一起玩的小朋友恶作剧,说什么她都不听,我一着急就忍不住动手打了她,还大声地问她为什么不听话。沙耶加吓得边哭边向我道歉。我现在仍旧后悔当时打了她。因为

自己生气就打小孩，其实一点用处都没有，只会让孩子变得更任性、更滑头。哪怕孩子再小，也应该好好倾听他们的想法，耐心地与之沟通，让孩子理解大人的用意，这才是最重要的。毕竟孩子的行为背后，总是有他们自己的动机。

家长对孩子发脾气的时候，都是有原因的，比如"我还有事要忙，你早点睡"，"我想把这件事做完，你不配合我不行"。站在孩子的角度看，这些要求非常无理。如果家长一直出于这些蛮不讲理的原因对孩子发脾气，孩子就会变坏，变得像小时候的我一样自我否定、自我厌恶。

只要花费时间精力，好好地和孩子相处，让他们慢慢了解有些事不能去碰的理由，孩子自己就会趋吉避凶。如果家长不愿意花时间在孩子身上，只会一味发脾气，那一切都完了。孩子越小，越该花时间仔细听他们解释。小朋友其实非常不擅长表达真实的情绪，所以倾听他们的心声很是关键。

话虽如此，我也是到生养第三个孩子，也就是小女儿的时候，才算摸到了育儿这件事的门道，其实此前也失败过许多回。看到孩子现在长这么大了，才觉得自己作为父母成功地迈过了第一关。更重要的是，我家三个小孩现在都长成了对自我抱持肯定态度的成年人。一个人就算拥有再高的地位、学历和名声，只要习惯性地否定自己，就没办法过上幸福快乐的生活。

孩子如果不愿意去学校，家长一定要认真地询问原因。或者想方设法找理由让孩子去上学，哪怕只去一天两天也没关系。千万不能不分青红皂白地要求孩子听老师的话。偶尔来一句"你不愿意的话，不去上学也没关系哦"，孩子就会放松下来，还可能因为内心的愧疚感，反而主动要求上学。这些你来我往的沟通，其实都是亲子之间培养出深厚感情的基石。

孩子的校园生活充满压力，只要他们每一天都能平安地上下学，我就觉得很不简单了。我会这样想，并且夸奖孩子的努力。

我只希望我的孩子成为全世界最幸福的人，哪怕他们既不富有也不聪明，也觉得足够了。为此要不断地夸奖他们，这是我从自己的成长经历中学到的最重要的一点。

明妈妈这种教育理念一直无法得到其他妈妈的认同，她们觉得这样太溺爱孩子了。当沙耶加考上庆应大学、小妹小真（大名真由美）也考上上智大学后，她们出于嫉妒，又胡编乱造、以讹传讹，让明妈妈很苦恼。

将一套与常人不同的教育理念和幸福观贯彻下去，真不是一件容易的事。

显露狡猾肮脏的一面，还称得上教育吗？

就像刚才明妈妈自己说的，沙耶加上高中时曾因为带香烟到学校被老师抓包，受到无限期停课的处罚。这件事正好发生在沙耶加来我们补习班上课之前。

听说当时沙耶加和两个朋友分别被老师叫走，一一质问她们当时和谁在一起。

老师一上来就冲她们说："你们被朋友出卖了，所以今天才会被叫来这里。赶紧把和你们在一起的人供出来，我保证，只要说出其他人的名字，就不罚你们退学。"

沙耶加说什么也不愿意把朋友们供出去。事后，明妈妈极力夸奖了女儿一番，说沙耶加非常了不起。

后来明妈妈因为这件事被叫到学校时，她对老师是这么说的："诱导孩子卖友求荣，这就是贵校的教育方针？你们真的觉得这样教孩子是对孩子好吗？如果是，那我们退学也无所谓。我为我女儿今天的表现感到无比自豪。"

明妈妈说这些话时音量不大，却态度坚决。

最终，学校给予沙耶加无限期停课的处罚。直到现在明妈妈都坚信："就算人微言轻，学校老师当时也应该能理解我想表达的意思。"

在其他家长眼里，明妈妈或许是一个古怪的"怪兽家长"，但她却坚持自己的看法：

"可能绝大多数父母都觉得孩子被留校辅导,或者自己被老师叫去学校非常不光彩,但我不这么认为。这恰恰可以增强亲子之间的感情,因为正好有机会向孩子展示'妈妈绝对是跟你站在同一边的'。

"孩子惹出来的麻烦,我当然会认真道歉。但是,这样做却可以让我的孩子愿意信任自己的妈妈,哪怕今后在校园被同学欺负了也不会给她造成太大打击。孩子被留校辅导,更可以夸奖他们的优点,在回去的路上不停地告诉他们'用不着害怕,妈妈为了你们,就算跟老师下跪道歉也可以'。反正当家长的就是要坚定不移地跟孩子站在一起。如此坚持下去,孩子长大后一定不会变坏。"

有一件事让明妈妈至今仍过意不去。

"我和丈夫的教育观实在相去甚远,以前一直没办法表现出恩爱夫妻的模样,给孩子们当榜样。我先生一直期望儿子成为职业棒球运动员,每当我看到孩子在比赛前气喘和荨麻疹发作时都会想,'连身体都在抗议,应该不行吧'。但面对一味坚持'这才是爱护子女'的丈夫,我却什么都说不出来,只能默默在一旁看着,祈祷丈夫能早日发现。

"然而,我这种态度却对孩子造成了伤害。因为只有夫妻同心,孩子才能幸福成长。但那阵子我们夫妻俩总在相互怄气,冷暴力不交流。会变成这样,责任都在我。没能把丈夫的优点传达给孩子们,我实在觉得很不应该。"

之后不久，沙耶加的弟弟在念高中的时候就不打棒球了。十八岁那一年，爸爸向他道歉，坦率地承认自己教育孩子的方式是不妥当的。沙耶加的爸爸能这么做，我觉得真是不简单。

沙耶加的弟弟听了父亲的话后，只对他说了一句话："能和爸爸一起打棒球，我真的觉得很开心。"

现在，沙耶加的弟弟加入了业余棒球队，同时跟着爸爸学习打理家里的事业。我觉得这孩子的确具备成为企业家的气量。因为他不仅性格温和，还拥有克服极度的空虚和痛苦的经验。

沙耶加变成辣妹的原因

拥有这么开明的父母，沙耶加为什么还会变成辣妹呢？

在明妈妈的当机立断之下，沙耶加转到了一所离家远但氛围比较和谐的小学，这让她感觉好像独享了什么特殊待遇一样，心里充满愧疚。她告诉我："那时我隐隐约约下了决心，等上了初中，一定要改变自己这种乖乖女的性格，重新找到交朋友的方法。"

明妈妈那时也鼓励她只要考上私立 X 中学，以后不用很辛苦地念书也没关系，就算每天只做自己感兴趣的事情，也能一路直升大学。所以沙耶加当时发奋用功，参加这所中学的入学考试，也顺利考上了。

进入这所中学后,她的性格有了极大的转变,变成了一个连明妈妈都吃惊的个性开朗的女孩。身边的朋友都不知道她过去的样子,她也因此畅所欲言,自然而然地成为小团体里的中心人物。

接着,沙耶加的衣着打扮越来越花哨,当时她似乎没有意识到这一点。小团体的中心人物通常都打扮得比较抢眼,对学生仪容仪表规定严格的校方自然不会把他们归到"好学生"里面。

渐渐地,沙耶加越来越不喜欢去学校上课,不仅违反校规,发型和服装也变得更夸张,还抽起了烟,每天跑去夜店玩。多次违反校规后,学校的老师也开始把她归到"坏学生"的行列。回顾那段时期,沙耶加说:"当时那么做,或许只是因为我不想破坏小团体的和谐罢了。"

从小学起,沙耶加的理想就是成为一个说话直率、位居团体中心的人物,所以那段时期她过得其实很快乐。身边的朋友跟着她一起打扮得花里胡哨,偶尔也有戴眼镜的乖学生对她说:"沙耶加是个对宅女(特指那些穿着朴素的女同学)也很和气的辣妹呢。"这让当时的沙耶加非常开心。她觉得:"可能是因为我的内在一直没变过吧。"

不过,从初三到高二的夏天,沙耶加陆陆续续和爸爸爆发了冲突。

爸爸曾大声呵斥她:"不要老把自己弄得跟陪酒女一样!"

沙耶加于是开始夜不归宿，爸爸找到当地青少年最爱光顾的夜场"O"接她回家时，她还会冲爸爸大吼一句"臭老头"，转头就跑。

话虽如此，比起小学时代的唯唯诺诺，沙耶加更喜欢这段时期的自己。不管爸爸怎么反对，她身边总有一群朋友围着，每一天都过得很开心。她把读书抛到脑后，每天都跟朋友玩到半夜，不是去唱歌，就是在街上闲逛。

每所私立中学打扮花哨的学生都聚集在"O"，大大拓宽了沙耶加的交友圈，她自己也觉得很有趣，每天只想着放学后要做些什么，上课时只顾着用卷发棒做造型……

"私立 X 中学当时公布录取名单的时候，爸爸妈妈陪着我一起去现场看。因为害怕自己没考上，我站得远远的，是爸爸一边跑向我，一边大喊'你考上啦'。爸爸当时的脸上堆满了笑容，现在家里还摆着这张照片呢。可惜在那之后，爸爸把全部心思都扑在弟弟身上。我明明那么努力，考上了大家觉得肯定上不了的 X 中学，爸爸眼里却还是只看得到弟弟……现在回想起来，当时我幼小的心灵感到深深的失落。

"或许是因为逆反心理，爸爸越是不许我做的事，我就越要做。大概在初三时，我想反正身边的朋友那么多，在交友这件事上我有绝对的自信，就算书读得不好也没关系，然后在学习上就越来越没干劲了，完全找不到读书的价值。我心想就算发奋学习考上名校，还是得不到爸爸的肯定。弟弟将来可是要成为职业棒球运动员的，这种被大家捧在手心里的感觉真好啊。或许是出于羡慕，我才转而在友情上寻求和朋友们的情感联结。当时的我，对未来不抱任何期待。"

尽管沙耶加因为弟弟的事受了很多委屈，但她其实也很同情弟弟。一看到爸爸严格地训练弟弟，总是会对他怒吼"可恶的臭老头"。

现在看来，这些貌似都不是什么大事，不过我想应该有很多孩子，甚至是大人，会因为这些看似微不足道的小事偏离正轨，走上歧途。

沙耶加虽然经常气冲冲跟我抱怨爸爸的不是，但我知道她是很爱爸爸的。要说理由嘛，她当时的注意力其实都放在了父亲的一言一行上。

辣妹的脑袋里都装了些什么

就这样，沙耶加初中和高中生活的每一天，都在跟学校教导处的你追我躲中度过。染了头发会被停课，被抓到抽烟喝酒也会被停课，尤其严禁深夜在外闲逛或是谈恋爱。沙耶加的朋友一个接一个都被停课了，校长甚至骂她是"人渣"。

每当发现学生违反校规，老师就想"拔出萝卜带出泥"似的揪出其他坏学生。像前文提到的那样，他们会恩威并施，以免除停课处罚为诱饵，要求学生供出一起干坏事的同伙，如果学生不说，便会以无限期停课来威胁他们松口。

沙耶加觉得这种做法"恶心得令人作呕"，哪怕被老师逼问到半夜，她也一直咬牙撑住，坚持不把同学的名字说出去。

"有人把你供出来了，你知道自己被人出卖了吗？"——老师还会故意说假话诓骗学生。

这让沙耶加在心里使劲抱怨："这群人简直愧为教育工作者，竟然使用这么肮脏的手段！""到底想怎样？为什么要破坏学生之间的友谊？""难道让学生停课可以多领奖金吗？"

她脑子里于是冒出了这样的想法："这种烂学校我才不想去上课，就算能直升高中又怎么样，有什么意义呢？"

话虽如此，有段时间她出于"至少把高中顺利读完"的理由，乖巧了一阵子，但不久后还是决定放弃考大学。

明妈妈被学校叫去谈了很多次，她总是坐在沙耶加的旁边，哭着为女儿辩解："我女儿绝对不是什么坏孩子，她很善良，一定是老师和学生只靠成绩和穿着去评价一个人，才会让他们心灵受伤。

"老师，您的意思是，因为沙耶加穿短裙，头发染成棕色，所以就是坏孩子了？如果真这样认为，那随便你们怎么说吧。"

一旁的沙耶加看着这样的场景，一颗心仿佛又回到了童年，并暗自下定决心："我以后一定不再做让妈妈伤心哭泣的事情了。"

对沙耶加来说，老师说的都是事实。妈妈虽然不赞成自己做的那些事，却还是愿意在老师面前护着自己。

为了不让妈妈再为自己的事情掉眼泪，沙耶加开始用自己的方式思考。

沙耶加说她开始抽烟并不是喜欢抽烟，只是想装出坏学生的模样，顺势而为。身边的朋友都在抽烟，她为了融入团体，也跟风抽了起来。

"当时肯定不止我这么想。"现在的沙耶加说。

但是看见妈妈哭着跟老师说，"沙耶加不是坏孩子，我女儿不坏"，沙耶加不禁开始反省。

我认为老师们威逼利诱违反校规的学生供出同伙，可能是因为教学工作繁忙，或受限于学校的体制，导致身心疲累。一旦有学生带头抽烟，或是把头发染成金色，引来同学争先效仿，老师们就会冥思苦想该怎么处理，才能达到警示和杀鸡儆猴的效果。

但如果用的是见不得光的肮脏手段，也瞒不过学生。

我心里挺同情被这种所谓"大人的做法"拖累，从而走向人生歧途的学生和成年人。

此外，因为抽不出时间和孩子相处，为了更有效率地管教孩子，总是无条件地站在老师那一边的家长也不在少数。

辣妹沙耶加与我的初次会面

我就是在这样的情况下认识沙耶加的。

当时沙耶加念高二,正在过暑假,处于"比较安定"的状态。

听说在她初三那年,身边的很多朋友都被学校下达了开除处分,她自己也被无限期停课,后来好不容易得到一个勉勉强强的推荐名额,才入读现在这所私立高中。

升学后的沙耶加决定努力当个好学生,不仅在校期间表现不错,奇装异服只在课外穿,也不再惹事让妈妈伤心落泪了。

不过,学习的事她还是一点也不碰……或者说,她此时的学习能力已经退化到连正常的课程进度都跟不上了。

成绩吊车尾的学生当然不可能再通过推荐名额升上 X 大学。沙耶加当时所在的 A 班是个"笨蛋班"(自己说的),全班所有学生都是通过推荐升入高中的。而她则是这个班里的倒数第一……沙耶加当时心想:"这下完蛋了,上课天数不够,一群老师成天盯着我,推荐升入 X 大学的名额肯定没我的份。"但是正如我前文所说,其实占据她内心深处的是"考上大学也没啥意思"这种孩子气的念头。

就在高二这个暑假,明妈妈对她说:"女儿呀,咱们差不多该考虑考虑要考哪所大学了。"接着就把她带来我的补习班。

其实沙耶加自己一点也没想过要去补习班上课。

她知道以自己的个性，没办法在同一个地方上太久的课，所以当妈妈鼓动她"先去了解一下状况嘛"的时候，她也是抱着"反正很闲，就去听听好了"的轻松心情，和妈妈一起来到我的补习班咨询。

面试时，我们告诉她要先做一个简单的小测验。她做完卷子后，发现自己的水平差到"连自己都吓了一跳"。

沙耶加回想起当初第一次见面的情景，表示当时我的反应和学校老师的完全不同，让她有点惊讶。

"老师，我记得很清楚，当时你看了我的小测卷子，整个人爆笑出声，然后说：'哎呀，你连这题也不会啊！'不知道为什么，看起来好像很开心的样子。然后你又小声说：'像你这样的学生如果考上庆应大学，肯定很有意思。'我听完就感觉这个老师的脑袋是不是傻掉了……庆应是多难考的学校啊。

"但同时也想'庆应大学啊，我从来没想过要考这所大学'。总之，那会儿只觉得老师在跟我开玩笑，但是跟你聊得还挺开心的。"

✎ "这个老师很爱笑啊"

"坪田老师，从我们第一次见面起，你就是个很爱笑的人。有时我随便说的一句话，都会让你笑起来。我心想，这个人很爱笑啊，到底哪里好笑？但也觉得很有趣，多来几次补习班似乎也不赖，一开始就是这样。你跟我聊天，或是教我东西的时候，我常常觉得'这个老师讲得好清楚哦，我听得懂呢'，虽然还不到可以信赖的程度，但就是觉得'还想和这个人继续聊下去'，那么为此来补习班上课也没问题。"

就这样，沙耶加参加了我们机构开办的暑期班，每星期来上三次课。

"那时候，我都是玩个通宵再接着去上课，渐渐就进入坪田老师独特的教学方法里了。因为那时除了妈妈以外，根本没人会夸我，但老师每次都笑着称赞我：'你太强了，有一颗空空如也的脑袋呢！'我并不讨厌老师这样说，反而觉得是在肯定我。

"一般老师只会板着脸训斥我'怎么连这个都不会'，坪田老师却称赞我：'你这么无知，到底怎么活到今天的？天才啊！你就是无知界的掌舵人吧！'也许老师只是在开玩笑，但用的是称赞我、肯定我的语气，所以我想跟他多聊一点。

"那时，每次上完该上的课之后，我就跟老师聊自己喜欢的男生，还有朋友、父母，等等。然后开始觉得应该努力学习，因为想被老师夸奖。所以本来复习一遍就好的地方，我会再过一遍，想让老师大吃一惊！光是想象一下就觉得很好玩。

"最重要的是，我开始想'如果读更多书、知道更多知识，是不是就能变成跟老师一样的人，然后跟别人聊这么有趣的话题'，这是我第一次有了想认真学习的念头。

"我的个性其实很难'只听不讲',但是坪田老师说的事情都好有趣,只要我多学一点,我们就能聊得更多,以前那么没常识,真是亏大了!原来在我未曾关注的世界里,有这么多有趣的事情发生啊。我好想变得跟坪田老师一样幽默健谈。这就是我开始想学习的原动力。

"至于庆应,坪田老师告诉我:'考上这所大学,会有一群博学多闻的朋友和你相遇,你的世界会变得更宽广哦。'所以我也很想去庆应看看。坪田老师动不动就把'庆应很棒哦'挂在嘴边,所以我也想'好,那我就考进去'。如果问我为什么想读庆应,答案就是——因为坪田老师说庆应很棒。"

我这样鼓励她去考庆应,当然是有策略的,因为相较于东京大学等其他名校,庆应大学考的科目较少,而且出题方向比较适合沙耶加。但部分原因也是单纯地觉得这个打扮夸张、偏差值只有三十分的辣妹,如果能在一年半内考上这所名校的话,未尝不是世间的一件好事呢。

第三章
开始备战高考,
神奇回答接二连三

"老师不好意思，我能睡个十分钟吗？"

"沙耶加，你一直都染金发吗？学校老师不管你吗？"

"哦，我只有暑假才染成金的啦，平常是棕色。学校的老师老烦我，所以平时的头发都是喷成黑色的。"

"这样啊，你今年的暑假，就不能一直去玩了哦。"

"可是我老早就和朋友约了很多暑期聚会，其他时间我会认真学习的，拜托，就请让我玩最后一次吧？"

她用一种在随随便便的语气中夹杂着敬语的方式请求我。

"那好吧，已经约好的你就好好去玩吧，不过补习班的课要好好跟上哦。"

"遵命！"

虽然她嘴上这么说，却曾经在补习班说过这样的话："老师不好意思，我能睡个十分钟吗？"

沙耶加的朋友回想起这段往事，说："那段时间我们常在KTV唱通宵，沙耶加就在那儿把补习班布置的英文作业拿出来写。只不过作业题目实在太简单了，我们都觉得，'这水平也太低了吧？''就这？还想考庆应？来得及吗？'"

这就是沙耶加自己想出来的办法，信守了对我许下的承诺，也不耽误和朋友的聚会。当时她在KTV里做的是初中英语的复习题库。

她在课堂上问我能不能睡个十分钟，其实都是在乖乖做完当天应该完成的功课之后，所以我很干脆地答应了。十分钟后我去看她，发现她口水流了一桌，睡得昏天黑地。我笑翻了，决定再让她多睡五分钟。

暑假那段时间，她白天来暑期班上课，晚上下课后和朋友去KTV唱通宵，在包厢里预习功课、写作业，然后早上再回到补习班……就这么循环往复，忙忙碌碌。

回到正题，她当时的英语水平真的只能从"happy"的单词拼写，还有"I、my、me、mine"这种最基础的练习做起，朋友会那么惊讶也不是没有道理。

我曾在托福考试中拿到过满分，很清楚她当时的英语水平与考上庆应要求的实力之间有多大的差距。

举个例子，庆应大学综合政策学院二〇一三年入学考试的一道英语题，出自约翰·狄尔尼执笔的杂志文章《你有决策疲劳吗？》（摘自二〇一一年八月二十一日发行的《周日杂志》的文章，题为《选择即是放弃》），题目如下：

There was nothing malicious or even unusual about the judges' behavior, which was reported earlier this year by Jonathan Levav of Stanford and Shai Danziger of Ben-Gurion University. The judges' erratic judgment was due to the occupational hazard of being, as George W. Bush once put it, "the decider."

The mental work of ruling on case after case, whatever the individual merits, wore them down. This sort of decision fatigue can make quarterbacks prone to dubious choices late in the game and C.F.O.'s prone to disastrous dalliances late in the evening. It routinely warps the judgment of everyone, executive and nonexecutive, rich and poor — in fact, it can take a special toll on the poor. Yet few people are even aware of it, and researchers are only beginning to understand why it happens and how to counteract it.

（斯坦福大学的乔纳森·勒瓦夫和本-古里安大学的沙伊·丹齐格在今年早些时候的研究中指出，法官的行为并没有恶意，甚至并无异常。正如乔治·W·布什所言，法官们不稳定的判断力源于他们作为"决策者"的职业风险。

连续不断地对一个又一个案件做出裁决，无论案件的具体情况如何，这种精神劳动都会让他们感到疲惫。这种决策疲劳可能导致四分卫在比赛最后一刻做出莫名其妙的选择，或是让首席财务官在深夜做出灾难性的轻率行为。它影响着每个人的判断，无论是高管还是普通职员，富人还是穷人——实际上，对穷人的影响尤其严重。然而，很少有人意识到这一点，研究人员也刚开始探索其成因和应对之策。）

而沙耶加此时的英语水平……说实话还在只能把二十六个英文字母勉强认清楚的阶段。

但她只花了十一天，就努力把初中英语复习题库做完了，而且在暑假期间，也早早地用上了高中英语的教材。

话虽如此，很多英语考题对她来说还是太难了。

例如"Greek myths"这个词，被她读成"古雷克·密斯先生"，她经常把看不懂的英语词汇当作人名。我告诉她这两个单词合在一起的意思是"希腊神话"，但她一直无法联想到宙斯、星座等，所以在英语词汇的理解方面迟迟没有进展。

遇到不懂的单词，我会要求她查英日词典。结果她看不懂词典上的日文解释，只好再查日语词典，还是不明白的话，就再查另一本日语词典，重复好几次又回到原本的单词，陷入不知道该怎么办才好的困境。

即便如此，沙耶加还是几乎天天来补习班报到。

就在这种艰难的状态下，她一点一滴地进步了。但随着英语阅读题的篇幅越来越长，或是现代日语文章的内容越来越难，她薄弱的知识储备还是变成了巨大的阻碍。

越往前走，竖立在她面前的知识屏障越高耸，这样的状况一直持续到最后一刻。

✎ 不会被人看扁，也不会被说"你根本不行"

在沙耶加的回忆里，暑期班的这段时间是这样的：

"升上高三之前，我整天只知道玩。虽然一直在玩，但坪田老师布置的预习和复习作业都好好做完了。怎么说呢，好像也没那么痛苦，去补习班上课比我想象中轻松多了。老师每天交代的范围我都预习和复习，这样的话，第二天去补习班上课的时候，就不会被人看扁，也不会被说'你根本不行'。坪田老师老是笑我傻，所以我不能让他瞧不起。我是不讨厌他开玩笑啦，但难免觉得：'什么嘛……有必要说成这样吗？'

"还有一点就是，每次我和朋友之间发生点什么，都想第二天下课就去跟坪田老师说。因为我猜他听完肯定会笑翻，这样一想，去补习班上课就变得不痛苦了。

"但是每次唱完通宵直接去补习，身体实在吃不消，所以我会回家先睡一个小时，起床后把作业写了，然后再去上课。为了兼顾玩乐和补习，我差不多每天只睡五个小时。

"而且我出去玩的时候，也会在 KTV 包厢之类的地方认真学习，还会跟朋友说：'房间太暗了，帮我把灯开亮一点。'我那些辣妹朋友们听到后都笑我：'你是出来玩的呀，这么拼命学习是想干吗？'我听了觉得很爽快，就在她们面前加倍苦读，还跟她们说：'我在学习，不要跟我说话。'故意把大家逗得哈哈大笑。

"然后大家就会说：'太好笑了，沙耶加，你没发疯吧？'当时甚至有其他班的同学故意跑来看我读书的样子。当初要是我乖乖听学校老师的话，大概就不会变成这样了，可我还是跟从前一样不服管，或者说更不听话了。可能是因为我一个人拿着她们见都没见过的参考书埋头苦读，让大家觉得很新奇吧。她们都说：'沙耶加变了，不知道在搞什么鬼。'"

初露端倪的进步

高二暑期班期间，沙耶加本来每周只来上三次课，等暑期班结束后，开始每周来上四天课，而且慢慢有了进步。

例如，有一次我问她："按顺序说说日本历史的各个时代？"

"最早应该是北京时代吧……"

"答错了！"

"哦，那是中国时代……"

"答错了！"

她会这么回答,表示她知道北京猿人,也知道北京和中国之间的关系,还不错。

"我问的是日本历史!"

"哦,绳文时代……接着是少年时代。"

"然后呢?"

"然后是少女时代。"

"少年时代,少女时代,Yeah!"说完,我马上和她击掌。

诸如此类,虽然旁人会觉得进步很慢,但她确实在一点一滴地积累各种知识。

"绳文时代,然后好像是石器时代、平安时代……嗯?中国时代好像差不多是这个时候?"

"你还忘不了中国时代啊!日本哪儿来的中国时代?"

"所以根本没有中国时代吗?"

"石器时代不是还分旧石器时代和新石器时代吗?"

"对哦,旧石器时代只有猴子,那个时代真的好惨。"

"什么叫只有猴子……那新石器时代呢?"

"嗯……新石器时代只有大象,毛很长的那种……"

"你说的是《山林小猎人》(一部以原始时代为背景的老动画片)吧!那我问你,平安时代是什么样的时代?"

"平安时代的女人大多是丑八怪。"

"哦?你能联想到平安时代古画里的人脸,有进步哦。"

沙耶加虽然说的常常是些很浅白的东西,但有时候也会语出惊人。有一次我让她看奈良大佛的照片,想跟她讲讲鉴真东渡的故事,结果她居然问我:"这个大佛的自来卷(天生头发卷曲)好夸张哦!古人为什么要做这种自来卷发型的佛像呢?"

还问:"为什么不做成拉直头发的造型呢?难道那时所有人都是自来卷吗?"

当时,我认真地觉得她这段关于佛像造型是卷发还是直发的发散思维太棒了。没想到她最早注意到的居然是佛像的发型(顺带一提,这种发饰据说是佛祖开悟得道的证明)。

对一直没办法好好背诵日本史的沙耶加来说,我这种"戏说历史"的教学方式估计很合她的心思。她虽然对此感到佩服,却也觉得"知道这么多,老师真闲啊"。

对了,沙耶加说她最喜欢的历史人物是圣方济各·沙勿略。

"就长相来说,他其实蛮不错的。因为他,美国的基督教开始在日本流行起来,然后他就被讨厌了。

"他那幅画像的姿势在学校里很火呢,大家都学他把双手抱在胸前,大声喊道:圣方济各·沙勿略!"

这是什么鬼理由!

又有一次,她突然没头没脑地对我说了句:"老师,我觉得……地球可能是圆的。"

现年二十五岁的沙耶加虽然说已经不记得这件事了,但后面又补了一句:"噢,对了,我好像曾经因为发现地球是圆的,自我感动得要命。"

"你居然注意到了！如果不是别人教的，而是你自己从日常生活中发现的，那你真的是天才啊。"

"真的吗？嘻嘻嘻。"

"那你以前看到圆圆的地球仪，不会觉得奇怪吗？"

"那是因为地图横着展开太长了，不方便随身携带吧。"

沙耶加在这方面的随机应变能力很强。只是站在老师的立场，大多时候也只能回答："没听过这种说法哦。"

还有另一个小故事，某道考题的题目是："《古兰经》是用什么语言写成的？"

沙耶加写的答案是"一万五千文"（正确答案是阿拉伯语）。

"这是啥？"

"哎呀，我的意思是大概是由一万五千个文字写成的吧。"

我于是笑着对旁边一位正在教其他学生的老师说："你听到没有？考题问的是什么文，她居然回答几个文字。"

"因为题目问的就是什么文啊，一般人都会这么写吧？"沙耶加反驳道。

"谁会这样写！不然你问其他人啊。"

我便叫来一位进入补习班时以"杀掉当医生的爸爸"为梦想的男同学（他现在已经是一名响当当的实习医师了，但当时他和沙耶加一样，非常憎恨自己的父亲，关于他的故事，后文会提到），问他："这道题怎么回答？"

"不清楚，应该是中东地区的语言吧。"

接着我把沙耶加的答案告诉了这位男同学,他听了说道:"哟,真不愧是沙耶加!"

顿时,教室里的每个人都爆发出笑声。

我看向沙耶加,只见她脸上堆满笑容,似乎觉得大家在夸她,扬扬得意地比了个剪刀手。

这时,我使用心理学的重构法(Reframing,通过调整看待事情的方式改变思维的结构),转而夸她:"你能从这个角度回答,还挺厉害的。"

沙耶加听了之后马上说:"对吧!我觉得是这个题目问的方式不对。"

"才不是!"

直到现在,沙耶加已经二十五岁了,还是坚持说自己没有答错。

"因为这道题应该也能这么回答吧。"

"再怎么回答,答案也不会是一万五千文!"

从以前到现在,沙耶加只要稍微被人夸奖就会得意忘形,坚持自己是对的,实在有点棘手,但这也是她的个人魅力。

"绝对要让你刮目相看"

沙耶加和我在班上简直就是搞笑二人组,一个负责装傻,另一个负责吐槽（我指的是漫才这种喜剧形式里的分工，学生和老师不能是被骂和骂人的关系），让同学们随时随地开怀大笑。不过，我也非常清楚以她目前的学习进度，离考上庆应大学还有很大一段距离。

这时的她正准备升上高中三年级。

我便建议她改上无限制课程，也就是除了星期天之外，每天都可以到补习班上课的一种课程。但是想参加这种课程，必须一次性预付一百多万日元的学费。

当时，明妈妈和沙耶加拿不出这么一大笔钱。

明妈妈别说没钱为自己添置新衣服了，甚至连信用卡和手机都被停用了，所以直到现在，沙耶加也不知道妈妈是怎么筹到这么大一笔钱的。（其实明妈妈在两个孩子还小的时候，就以孩子的名义在邮局开了定期存款账户。她支取了这笔存款和自己的人寿险的保金，再加上自己的私房钱，才勉强凑齐，而且还是在超过支付期限一周后才缴清。）

明妈妈当时的想法是：就算沙耶加没有考上庆应，她也不觉得这笔钱白花。她东拼西凑支付这笔学费的目的，只是希望女儿在补习班学到的东西对未来有所帮助。看到沙耶加对学习充满了兴趣，不管付出多少努力，她都愿意支持。

过去，我曾面试过超过一千组家庭，每次必定有家长问我："您觉得这孩子考上第一志愿的几率有多大？"

"这得看孩子自己的努力和家长的支持。"

每次我只能这么回答。

但是，当时明妈妈没有这么问过我。

"沙耶加考不考得上都没关系，这孩子是相信坪田老师，才这么努力的。老师如果认为应该改上无限制课程，我们就会全力配合您。"

当时，明妈妈把车停在补习班门口，在车里把一个装着学费的信封交给了沙耶加。

后来沙耶加告诉我，她下了车，走进补习班之前，心里一直想的是"我从来没拿过这么厚的钞票"。

明妈妈回想起这段往事，说：

"沙耶加回家后告诉我，坪田老师接过装学费的信封后问她：'你知道这笔钱真正的分量吗？'然后，沙耶加对我说：'妈妈，我一定会考上庆应。总有一天，我一定会加倍还给你。'这些话我到现在都忘不了。"

当时，明妈妈听后宽慰沙耶加：

"不管你有没有考上，都不要紧。只要你真的感受到学习的乐趣，妈妈就心满意足了。钱的事情，不需要你来操心。"

听了妈妈这番话，沙耶加在心里告诉自己：这么一来，我在补习班里要分秒必争，片刻也不能睡！

自此以后，她鼓足了劲，每天从补习班回到家后，就不停地复习和预习补习班的功课，一直熬到天亮，睡几个小时再去学校上课，在上课的时候稍微睡一下（敬告各位读者，此法并不可取），放学后接着到补习班上课，而且在补习班上课期间一次也没打过瞌睡。

当时沙耶加憋着一口气，不伸手跟爸爸要任何金钱上的支援，心想："绝对要让你刮目相看！"

对了，前文提到的那个以"杀掉当医生的爸爸"为梦想的男同学，据说当时每天回家后都会跟母亲汇报今天沙耶加又做了些什么，全家人都因为沙耶加的神奇发言成了她的粉丝，家里的冰箱上甚至还贴着沙耶加的照片呢。

"你为啥变得这么丑？"

升上高三后，沙耶加去学校上课的目的只是拿毕业证书，所以上课时打瞌睡的时间越来越长。

学校的老师虽然留意到她"似乎有主动用功的模样了"，但她在课堂上还是和以前一样无视老师的存在，老师也依旧没有喊她起来回答问题。

"老师大概是觉得我这样乖乖的，总比以前闹哄哄的要好多了。"那时的沙耶加是这么想的。

不过，当她取得的考试名次越来越靠前（沙耶加说她一次也没特别准备过学校的考试，只觉得卷子越来越简单），老师斥责她裙子太短、举止不佳的次数也越来越少。

其实，那时沙耶加穿去上课的裙子长度，已经完全符合学校的规定了。

对于这件事，她是这么说的："早上出门前把裙子弄短可是要花不少工夫的，除了要卷起来，还得用橡皮筋固定。后来我觉得把时间花在这件事上好浪费，反正下课后又不会去哪里玩，打扮得再漂亮也没用，把裙子弄短也没有意义了。而且我读的是女校，喜欢的男生根本不可能出现在学校里。

"那会儿好多朋友都来跟我说：'你竟然开始读书了，脑子是不是坏掉了？'既然大家这么想，那我干脆连漂亮的外表也放弃算了。袜子我也穿那些土土的款式，这样就不会浪费时间躲那群抓仪容仪表的辅导老师了。总之，不管别人怎么说，我才不想再在这上面浪费精力……

"后来我想，让大家觉得奇怪也蛮好玩的，就故意把头发染黑、剪短，弄得很土，也不跟朋友出去玩。

"A班的学生几乎都能靠推荐名额读X大学，大多数同学都把时间花在化妆和做头发上，打扮得美美的到处去玩。我心想，我不能出去玩，还有功课要做，但又好想去，那干脆把自己弄得丑到没办法出门玩吧！

"那段时间想去玩但又告诫自己不能去的压力，把我弄得脸肿了一大圈，还长了好多痘痘。我就穿着有破洞的运动服、背着双肩包去补习班上课。

"朋友们的反应如我所料，都笑我'沙耶加，你为啥变得这么丑',所以听到后也没觉得有多讨厌。

"可能是因为长期在补习班被坪田老师吐槽的缘故,我觉得装傻逗朋友开心也蛮有意思的。不过,我在学校上课时补眠的次数越来越多了。"

"我预感老师会问,所以已经提前做过功课了哦"

正如前文所述,我们机构基本上采取的是一对一辅导的补习方式。当其中一个学生接受一对一辅导时,其他学生要么自习、要么写卷子,等待上一个学生辅导结束,再依次接受老师的个别辅导。

每次一对一辅导时,我都会划定下次上课前要预习的范围,倘若学生没有做到,教学进度就没办法实施下去。而沙耶加每一次都确实做好了预习,我针对她的辅导也渐渐从习题集和参考书,推进到了对她提出相关的延伸问题。

沙耶加开心地告诉我:"我预感老师会问,所以已经提前做过功课了哦。"类似的情形越来越多。

"哎哟,你预习的时候开始推测出题人的想法了吗?很不错嘛。"

听完我的夸奖,沙耶加开心地用鼻子呼呼两下,笑了起来。

我接着问她:"你觉得,怎么才能知道庆应大学出题人的想法呢？"

"给庆应的老师打电话。"

"你觉得他们会告诉你吗？"

"呃……不会吧。"

"那要怎么办才好？"

"呃……多做做以前出过的考题。"

我心想，总算把你引导到这一步了，便给她布置自习作业："你周六日两天，先做做庆应以前的考题。"

到了周一，沙耶加垂头丧气地告诉我："好难啊。"

于是我们又回到每天划定一个范围的学习方法，这种定期达成一个小目标的学习方式比较适合沙耶加。

为了在限定时间内解答完毕，也为了让沙耶加了解出题人为何这样出题，我会用问答题的方式，让她在"十、九、八……"的倒计时内回答各种延伸问题，这种学习方式也很适合她。

卷面分数的提高虽然是头等大事，但我也希望能不断把"学习本身很有趣"的理念传达给她。

在我的班上，比起让学生乖乖听话，让他们理解并接受这个理念才是至关重要的。

"提出地心说的是哪一位学者？"

"哥伦比亚！"

"你想说哥伦布吧……很可惜答错了。"（正确答案是哥白尼。）

"巴西的首都是哪里？"

"柬埔寨！"（正确答案是巴西利亚。）

"Sixth sense 是什么意思？"

"……性方面的意思。"（正确答案是第六感。）

大部分的问题，沙耶加还是跟以前一样全都答错，但她记住的重要的词汇词组也越来越多了。更棒的是，这段时间她学得非常快乐，神奇的回答常常让课堂充满笑声，而她本人也很开心。

然而，在高三这一年的秋天，沙耶加遭遇了一次极为严重的挫折。

那时距离庆应大学正式的入学考试还有半年，她在模拟考中拿到的分数，被判定为 E 等。多么令人绝望啊。

第四章
引导沙耶加的心理学技巧
与教育方式

沙耶加所面临的高考备战,是一道难关

那么,沙耶加是如何在一年半的时间里,让偏差值急速提升的呢?

沙耶加学习时遵循的是哪一套方法?

她为何能变得这样干劲十足?

在这一章里,我会把多年整理出的一套坪田式学习法和各种学习小技巧介绍给读者。

如果读者想接着看沙耶加的故事,可以先跳过这一章,直接去读第五章。

因为篇幅有限,本书将重点介绍以下三个科目的应试小技巧:

① 英语:考试时最重要的科目,工作后的需求也最高。

② 小论文:对已经工作的社会人士来说也非常实用。

③ 历史:让沙耶加最为苦恼。

这些技巧都曾运用在沙耶加和许多学生身上,并且获得了

很好的效果（其他心理学技巧可以参考本书最后的附录，内容都是从我平常教育学生或下属的方法中整理出来的）。

本章的内容，主要是希望让读者更深刻地体会到"沙耶加所面临的高考备战是怎样一道难关"，同时也希望能对诸位有孩子要考学的家长、希望下属有所成长的企业主管和准备考证的白领有所帮助。

一个偏差值三十分的差生想考上庆应大学意味着什么

沙耶加刚到我们机构补习时，偏差值不到三十分。

这个数字，表示她在全国排名是倒数的百分之二。日本每年的高考人数大约为七十万人，也就是说，排在她前面的就有六十八万六千多人。

另外，如果想拿到考上庆应大学的 A 等分数（上岸安全区），偏差值则必须达到七十分以上，也就是说，排名必须在前百分之二，即一万四千名以内才行。

换句话说，沙耶加必须在短短一年半之内，让自己的成绩赶超全国六十七万名考生。

一般人当然会认为这根本不可能办到，其成功率大概等同于普通跑步爱好者突然要参加奥运会并获得金牌一样。

其实，考试和跑马拉松很像。从义务教育的六年小学开始，初中三年，高中再上三年，总共十二年，每个人都要过着每天到学校上课，下课后去补习，努力用功读书累积知识，从而提高学习能力的生活。这跟跑步通关几乎没什么两样。

但再怎么说，沙耶加考上庆应的可能性仍低到极点，想进入全国排名前百分之二，简直是一道不可能攻克的难关。

打个比方，如果一个婴儿刚出生就被医生宣布，"请节哀，你在几天内夭折的几率是百分之九十八"，这一定让人很绝望。

只有全国排名前百分之二的考生能够考上庆应大学，就好像对全日本每一个刚出生的婴儿宣布"你有百分之九十八的几率考不上庆应大学"一样。

而且，日本的大学升学率只有百分之五十，所以正确来说，必须具备全国排名前百分之一的应届生的同等水平，才可能考上庆应。

大学入学考试就像一场连续跑了十多年的马拉松比赛终于进入决赛阶段，每个选手都抱着必死的决心向前冲。

在这场比赛中，举例来说：

偏差值七十分的学生，以时速三十公里的速度在跑。

偏差值六十分的学生，以时速二十五公里的速度在跑。

偏差值五十分的学生，以时速二十公里的速度在跑。

偏差值四十分的学生，以时速十五公里的速度在跑。

偏差值三十分的学生，以时速十公里的速度在跑。

当然实际上并没有这种赛跑团体，我想表达的意思是：偏差值三十分的学生若想追上四十分的学生，就必须跑得比偏差值四十分的学生速度还快——也就是说，必须跑得跟偏差值五十分的学生差不多，才有可能变成偏差值四十分。

但现实中没有人可以达到这种速度，因为以这个学生的能力只能跑到时速十公里，偏差值才会只有三十分。一直以来，这个学生都是用这种水平的运动能力、耐力和意志力在跑，就算突然叫他跑到时速二十公里，也跑不动。

由此可见，想让偏差值三十分的学生变成偏差值七十分，就像对十秒钟跑五十米的选手说："只要跑出五秒的成绩就可以考上了，你要赶紧跑！"

所以，仍旧是"不可能"大于"可能"。

但是，如果我们把一口气提高脚力的特殊学习方法和通往终点的捷径告诉选手呢？

如何制订目标与计划、如何提升士气

沙耶加刚到补习班的时候，我曾对她说："大学入学考试有三件非常重要的事情，知道是哪三件吗？"

"呃，不知道。要是知道的话，我就不用来这里补习啦。"

她回我话时，基本上都是这种顶回来的随便语气，但我不是很在意，这说来还挺不可思议的。或许是因为我知道她总是一边认真思考，一边说话吧。有时候，她会一脸"啊，完蛋了"的表情，语气突然恭敬起来。正因为她有这种拼命的个性，我才会对她这么宽容。

"就是意志力、目标、计划这三件事。"

"哦，好的、好的……"

她应该是没听懂，但感觉得出来她在以自己的方式努力理解这句话。

成长的第一个必要条件：意志力

首先，我向她解释为什么需要意志力。

"我问你，你知道哥伦布的蛋吗？"

"知道，早上吃的那个对吧？弄得碎碎的。"

"那是西式炒蛋！我说的'哥伦布的蛋'是个典故。哥伦布问大家：'你们谁可以让鸡蛋立起来？'所有人都回答不可能。接着，哥伦布把鸡蛋的底部敲了个小洞放在桌上，蛋马上就立住了。这个故事告诉我们，很多大家觉得很简单的事情，在没有人这么做之前，要想到破解方法并完成是很困难的，就是这个意思。"

"噢，这就是西式炒蛋的由来吗？"

"才不是。不过呢，其实只要稍微调整一下，就算不敲破蛋壳，也能让鸡蛋立起来哦。意思是说，因为大家主观认定鸡蛋是圆的，所以立不起来，或是不打破的话就立不起来，但这种想法是不对的，这就是所谓先入为主的观念。"

"我不知道什么叫先入为主，不过老师你说的意思，我好像听懂了。"

"等一下再去查词典，不然又要离题了。现在，我要告诉你一件很重要的事，如果你觉得鸡蛋立不起来，但又有人叫你把鸡蛋立起来，而你一直无法成功，这时会怎么做呢？"

"应该会放弃吧。"

"是吗？所以啊，'知道'鸡蛋可以立起来是非常重要的，我的意思是……"

"我知道自己会考上庆应哦，妈妈应该是这么想的，因为坪田老师知道我会考上。"

看到沙耶加这副得意扬扬、充满自信的样子，我想她真的是个很机灵的孩子。如果不能让这样的孩子获得成长，教育就失去意义了。

知道自己一定会成功，知道自己是个天才——对，这种事压根儿不需要任何根据，只要"知道"就行了。我给过沙耶加一个建议，如果不确信某个想法，那就"大声说出来，让所有人都知道"。她也乖乖照做了。

这么做可能会让周围的人觉得你"好傻""不可能""太丢脸"，但是不管他们说什么，只要能不断把这个理念挂在嘴边，渐渐地，就会相信自己一定能做到，这一点至关重要。与此同时，如果能被自己信任的人肯定，哪怕只有两三个人，也会在不知不觉中成长起来。这是迈向成功的第一步。

成长的第二个必要条件：目标

接下来就是如何设定目标了。有人说：

"最近，百分之八十的孩子都没有梦想。"

所以我决定用这样的方法问学生：

"如果上帝出现在你面前，拿出一张金光闪闪的白金卡，只要你在上面写下愿望，他就会：①让你考上任何一所大学的任何院系；②让你拥有上一个选项的实力；③为你打造这样的环境。如果拿到这张白金卡，你会写下哪个愿望？"

结果，我从很多之前表示"没有梦想""没有特别想考的学校"的孩子口中，得到了各式各样的答案。

那么，沙耶加的答案是什么呢？

"只要能上庆应，读什么专业都无所谓。不过，如果上帝能对我伸出援手，我希望可以当选'庆应校花'，当上新闻主播，跟一个职业棒球运动员结婚，然后……"

不过，还是有很多孩子想不出自己的梦想。有些孩子甚至花费三四天时间，还是想不出要在白金卡上写些什么。

这样的孩子在心理学上被认为是"自我效能"(Self-efficacy)不足。

自我效能偏低的人经常会对事物产生"反色彩浴效应"(即凡事都不感兴趣，吸收不到任何相关信息的状态)。

如果在自己所做之事上得不到成就感，或是感受不到自己能给身边的人带来正面积极的影响，这类孩子是很难对事物产生兴趣的。

具体来说，假如孩子目前正停滞在对最不擅长的科目束手无策的阶段，我们必须站出来帮他们解决问题，想方设法让孩子感受到"原本觉得毫无希望的难搞科目，也是能够顺利攻克的"，慢慢让孩子产生"自我效能"——这是最大的前提。

从这层意义上看，在已经体系化的初中五大科目的学习中，我们更容易把孩子止步不前或是觉得棘手的部分找出来，以此培养他们的"自我效能"。这是非常容易应用的方法。

顺带一提，当孩子（或大人）处于这样的状态时，心理学上称为"习得性无助"(Learned helplessness)，当事人会被一种不管做什么都无法成功的自我感觉包围。

因此，教学时必须把一些数学题、化学方程式等难题写在白板上，一个一个地询问学生会不会解答，然后针对那些"绝对解不出来"的问题，当场教会学生。学生就会觉得"哇，太棒了"，从而改变潜意识里"不可能"的想法。

也就是说，要让学生先产生"自己并不是无能为力，只要方法正确，还是有可能办到"的想法。

刚才提到要求孩子写出自己的梦想，有些孩子写不出来，或许只是因为他们压根儿不知道有哪些职业。遇到这种情况，我会先讲讲自己的梦想，让孩子觉得"噢，这个梦想不错啊"，或者单纯地觉得"这个人聊到梦想的时候好开心，跟他在一起似乎很有趣"就好。

一切就是从这里开始。

首先让孩子感受到"这个世界上有很多快乐的事情"。在此基础上，再和他分享自己或其他人的亲身经历，让他觉得"如果把书读好，就有机会认识这些有趣的人"。

成长的第三个必要条件：计划

有了目标之后，接下来便是制订计划。

不管计划多么有勇无谋，都必须从目标往回倒推，制订出一套可以实现目标的计划，这是我身为"教育专家"的工作。

此时最重要的是"知己知彼，百战不殆"。以沙耶加的辅导为例，我必须了解庆应大学的入学难度、通过考试需要具备的条件（知彼），以及她目前的能力水平（知己），这一点非常重要。

接下来必须掌握沙耶加的性格和特性，还有最重要的"习惯"。然后依照这些信息，将计划拟订为以下三个方面：

①决定报考院校之后，尽早买好真题集，接着把出题趋势大致浏览一遍（这个阶段不必研究得太彻底，只要稍微看过一遍就好）。

②花两周到一个月左右的时间，做完一整本最基本的题库。

英语这门做初中程度的总题库，数学可以选用数研出版的《白色图表》，以达到短期冲刺的效果。

各位读者，制订目标时如果一开始定得过高，很容易因为一下子挑战高难度而导致失败。这时反而要先做那些自己都觉得太简单的比较薄的题库。这些题目如果真的简单，应该很快就能做完。各位不妨抓紧时间速战速决。如果还是觉得很难，就再把难度往下降。

③使用计时器做题。

先大略翻阅一下题库，预估一下自己可以做完的时间，然后在计时器上设定预估时间的零点八倍。

各位读者应该清楚，夸奖孩子能长时间学习是没有意义的，因为不管是考试还是进入社会工作，都是完成时间越短越能获得嘉奖，所以平常孩子念书的时候，可以利用计时器给他们增加一点压力，让他们感受一下在考场上做题的真实氛围。

接下来给各位读者展示一下我为沙耶加量身定制的第一个月的月度学习计划表：

①首先梳理一下几门最重要的科目，开始集中攻克（所以，

日本历史这一门暂时搁置不管)。

②做完并完全消化一本初中英语的总复习题库。

③做完并完全消化一本现代日语的初级总复习题库（比较薄的）。

④做完并完全消化一本古典日语的题库（比较薄的）。

⑤熟读一本古典日语的单词书。

最重要的是多做真题，而不是使用参考书，因为大学入学考试的出题方向包罗万象，参考书再怎么说都只是提供"参考"。做不出题目的时候看一下解题思路，记住解题的正确方法。重点在于"先试着解解看再说"，这就够了。

每次听到沙耶加说"这些我应该都不会做"时，我都这样建议她："不会做的话，先去看看参考答案。当然，不是叫你把答案照抄一遍，而是要去看解题方法，弄明白为什么答案这么写，理解之后你得再自己做一次，看看是不是真的答得出来。不是叫你再做一次相同的问题哦，而是要去剖析这个问题本身。"

"看了答案之后，再自己解一次的意思吗？"

"对，这样就行了，没必要从理论的角度去看问题。这就好比你在已经会游泳的情况下，学习理论可以让自己游得更好。如果先从理论学起，不管花多长时间也学不会游泳。总之，一开始先确保自己下到水里，然后依靠浮板练习用脚划水前进，大概就是这个意思。"

还需要强调一点：一定不要把计划做得太远太详细，整体计划只要一个"大概"就足够了。

从正式应考的时间往前倒推，攻克一轮真题通常需要一个月的时间，所以记得要先测算一下备考时间还剩多少，要做多少真题库。执行计划的过程中常常会出现计划赶不上变化的情况，不必在意，持续调整进度即可。

沙耶加奋起直追的原因

如今二十五岁的沙耶加回想起这段时间，说："我知道自己起步很晚，朋友们都笑我傻，我也知道自己并不聪明，所以决心要做得比坪田老师要求的更多。老师虽然没说，但我都会多做一轮，哪怕不睡觉也要完成。

"这一年半，我都处在肾上腺素不断分泌的状态里。到现在也没搞懂为什么会这样。原因之一应该是一旦落榜，妈妈再也出不起学费让我复读重考了吧。还有就是坪田老师每天都鼓励我：'知道为什么一直跟你提庆应吗？等你从那里毕业，就知道这所大学有多厉害了。庆应的毕业生大多都很厉害，你会遇见很棒的朋友，而这些朋友会成为你未来人生旅途中的宝物。'我老老实实地听进了老师说的这些话，心想既然说话的老师如此脱俗，他说的也一定没错。

"我在补习班听坪田老师讲历史、各种杂说，还有心理学的东西时，第一次觉得原来跟聪明的人聊天这么有趣，有一种'原来可以这样看待事物啊……'的感觉。在此之前，我很少和脑袋聪明的人聊天。"

就这样，沙耶加在查阅《新明解国语词典》（三省堂出版）时，不小心翻到了"橡皮擦"，虽然离题万里，但她已经能在查找知识时感到乐趣了。

或许会有人质疑："沙耶加应该本来就很聪明吧？天生具备努力读书的能力吧？"但是，这样一个女孩被学校的老师称为"人渣"，不管不顾变成年级倒数第一，也是不争的事实。

我常常对家长们说："你们的孩子很有天分，只是被埋没了而已。"心理学里有个理论称为"皮格马利翁效应"（Pygmalion Effect，也称期望效应），老师和家长如果真心对孩子有期望，孩子便会下意识地回应这种期望。我认为无论是家长、老师还是管理下属的公司领导层，都必须知道这个理论。

有些孩子，不管在校成绩好坏，都可以瞬间让人得出他们天生聪明、反应快的判断。这些通常是听到我的提问后，可以立刻回答的孩子；或是不着急回答，而是思考后再给出一个看得出是经过深思熟虑才得出的答案的孩子。

各位读者，在向孩子或下属提问时，不妨多关注一下他们的回答速度，或是答案的原创性和丰富性。

当我发现某些孩子天生聪慧,直觉也很敏锐时,经常会给他们打比方说:"你就像拥有一辆法拉利,但因为现在油箱里没油,你也没有驾照,只好踩着一辆三轮车往前走,结果不断被好多骑自行车的人追赶过去。不过呢,三轮车也有三轮车的好处——譬如可以停下来仔细观察开在路边的蒲公英,感叹'蒲公英长得真可爱啊',其实这样的人生也不错。其他人都拼命踩着自行车朝目的地冲刺,所以会比你更早抵达终点;你虽然可能骑不到终点,却能培养出更多细腻的感性。但如果你想早一点抵达终点,又会怎么做呢?或者说,当你看见别人明明拥有法拉利却脚踩三轮车,然后被骑自行车的人超车的时候,你想跟他说什么?"

大部分的学生都这么回答:

"嗯……我会把油加满,考个驾照,或是叫其他人去考驾照吧。"

"那你觉得这个时候,汽油相当于什么?"

"……知识?"

"驾照呢?"

"……学习的方法吧。"

"那么,只要你努力在几周内掌握学习的方法,再把知识装进脑袋里,就可以猛踩油门,开着法拉利轻轻松松超越自行车,我认为一定办得到。"

如果学生能做到独立思考,并且认清自己的价值,从今往后就会变得很强大。

布置什么样的作业能维持孩子的学习动力

学习这件事，在家里孤军奋战的时间，远比在补习班的时间长得多。那么，老师应该怎么给学生布置作业，才能让他们在独自学习的时候保持读书的动力呢？

最合适的作业，应该是根据学生的实力，布置一套能让他们做对百分之六十、做错百分之四十的题目。也就是说，题目里有六成是学生马上能解答出来的，另外四成则是还不会的。这个方法也是福泽谕吉先生所提倡的。

如果百分之九十的作业是学生马上能解答出来的，说明题目太简单，会让学生觉得很无聊。相反，如果几乎都是做不出来的题目，又会打击学生的动力。能解答出来的题目占半数以上的话，可以适当激发学生的动力，让他们在正确答题后获得一定的成就感，这个方法也适用于滑雪或是其他各种技能的学习。

再有就是，一开始故意拿出一本很厚的重点真题册，放在学生面前，告诉对方："你一定觉得把这么厚的一本题库刷完是不可能的，对吧？"接着再说，"但是你看一下内容，里面有一半都是题目的答案和解题思路，要做的题目其实只有这么薄。"

说完后，把题目那部分翻给学生看，两者之间的落差会让学生的心情变得很轻松。大部分学生都会发出"真的呀！"的感叹，然后充满干劲。

最后在快做完之前，再让学生看看真题册的厚度，夸奖道："你瞧，这本题库这么厚，都快被你做完了，真是太厉害了！"

激发孩子的学习动力时，最重要的是适时地让孩子有突破障碍的感觉。

如前文所说，当我要求学生背英语单词的时候，会把题目设计成问答题的方式，设置时间限制，从"十、九、八……"开始倒计时，当学生快想出答案了，就把时间间隔缩短成"一、零点九、零点八……"。如果学生在"零点三"的时候说出答案，会非常有成就感，这样做能激发孩子的学习动力。

简而言之，保持动力是最重要的，就是让孩子有突破障碍的感觉。用一般的方法是无法获得这种感觉的，必须多花点功夫在这方面。

在此基础上，如果能适时添加一些诸如"你看，你本来以为不会的，现在都做对了"，"瞧，这么厚一本题库都被你做完了"之类的鼓励，也能激发出孩子的自我效能，他们就不那么讨厌学习了。

心理学上将这些做法称为赋予"在场感"和"真实感"。

所谓"在场感"，就是一种存在于现场的感觉，光告诉学生"今天要做这本《白色图表》"是不够的，应该把书放在学生面前，让他们翻阅，真实地感受到"要把这本题库全部啃完"。

而"真实感"则是要让学生清晰觉察到"自己非做不可"。这就像玩《勇者斗恶龙》这类角色扮演游戏时，累积多少经验值就能提升多少等级是非常明确的，所以玩家会去计算还要打倒几个史莱姆才能升级，并且自发性地去打倒史莱姆。

此外，每次在游戏中升级时，系统除了会发出"噔噔噔噔——噔、噔噔——！"的背景音乐，还会提示你HP（生命值）增加了五个点、敏捷度又增加了两个点之类的信息。这些数值的增加会让玩家相信自己"现在能打败比之前更强大的对手"，因此更有动力挑战下一关。

这就是所谓的真实感，但是学校的课程和学习很难让学生产生这种感觉，因为根本不会有人实时提醒他们"如果答对这两道题，智力值就会增加两个点"等信息。

于是我问学生："如果你知道再答对五道题就能进入第十二关呢？"每个人的回答都是："当然会继续做下去啊。"

说白了，学校教育的问题在于没能让孩子产生"在场感"和"真实感"，所以我们补习班在教学时使用了更多的游戏形式，比如倒计时答题："十、九、八……答对了！噔噔噔噔——噔、噔噔——！等级下降五点！""什么？为什么答对了还降级啊？"故意反着说来逗孩子笑。确实有很多学生因为这种形式，觉得学习变得快乐了。

我想强调的是，不要死脑筋地觉得孩子"非读书不可""成绩一定要变好"等等，而是要想方设法让孩子感觉到学习充满乐趣，这才是最重要的。

因此，我认为老师的职责在于帮助孩子找到"做起来很快乐的事情"。

训斥学生、威胁学生、让学生难过，以及利用这些情绪让学生去克服某些障碍，都是毫无意义的行为。**如果老师这样教学生，会让学生产生"学习＝不快乐、老师＝很烦人"的认知，久而久之，他们的大脑会下意识地拒绝这些"不快乐、很烦人"的东西传递出来的信息。**这样一来，无论是学生还是公司里的下属，作业效率都会变得越来越低下。

所以，我们不妨先给他们制订一个计划，让他们心中有盼头："将来如果能实现这个愿望就太棒了。可以实现目标的话，一定会很开心。"接着开始"日行一夸"，不停地鼓励对方："哇，你进步好大哦，这些以前不会的现在全会了！"我认为这是维持孩子动力最重要的方法。

只要每天让孩子清晰地认识到"原来我做的这些努力，可以带来这样的成果"，即使他们原本再怎么不情愿，也会愿意学下去。

帮助沙耶加打好基础

沙耶加第一次到我们机构的暑期班补习时，我们先集中辅导了她的英语和语文（现代文和文言文）。在此之前，其实我个人的目标是"先跟这孩子处好关系"。我希望自己不是教导或指导她怎么读书，而是借着学英语这件事，和她"一起玩耍""分享她进步的喜悦"。这也是我给自己的第一道课题。

等到她开始做题之后，我马上发现她在汉字上犯的错误实在多得离谱。不管是语文还是英语的题目，遇到汉字，她不是看不懂就是写不出来，更不要说谚语或成语了。于是我问她："沙耶加，你最近在看什么书？"

"我平常不看书的，看的最后一本书，应该是小学五年级看的青鸟文库出的《草莓》吧？是一个讲过敏小朋友的故事。"

不会吧……这不就表示她从小学到现在都没读过书吗？

"那你看漫画吗？《浪客行》之类的看过吗？"

"这个我知道啊，就是'arerere'的那个人嘛。"

"是'rerere'啦！而且你说的是《天才傻鹏》[①]里的角色！"

情况大致如此，所以我判断除了学习一般的教材之外，还要让她养成看课外书的习惯。

"好，现在一起来看看你这一年里该看些什么书吧。"

"啊？我看书真的不行啦。"

"每个月读完一本书，一年一共十二本。"

"呜……"

[①] 赤冢不二夫的漫画作品，日文书名《天才バガボン》与井上雄彦的漫画作品《浪客行》的日文书名《バガボンド》很接近。

"你要看的第一本书的书名就是……山田咏美的《我不会读书》。"

"这是什么名字啊！（笑）不行啦！这说的不就是我嘛！"

"这本书讲的是一个虽然学习不好，但是很受女生欢迎的主角的故事。你也知道，成人往往有很多觉得'这么做才对'的先入为主的观念，比如他们认为孩子一定要会读书之类。这本书就是从质疑这些价值观的角度，讲主角是怎么一一提出反驳的，还对'什么才是一生中最重要的事情'进行了探讨。"

我是在高中时代做全国模拟考的语文试卷时读到其中的文章的，当时深受震撼。读了这本书后，我更加确信男生学习不好无所谓，能受女生欢迎更加重要，所以决定不读书了，结果高一期末考试有九科不及格，差点留级。

"那我看了这本书后，会变得更加不想读书吧。而且，我的男人运超级差。"

"没事，反正你本来就没学习。说不定看了这本书觉得很有趣，那也不吃亏啊。总之，你先花一个月时间把这本书看完吧。"

就这样，我网罗了各个领域的书籍，列出了包含夏目漱石、太宰治、芥川龙之介等名家的代表作，为沙耶加制订了一个阅读计划。

"你知道夏目漱石吗？"

"知道啊，就是那个嘛。"

"哪个？"

"钞票上面印着的人。"

"是一千日元上的吧。他的代表作是……"

"好像是《小胖爷》。"

"应该叫……《少爷》吧。"

"可惜啊!"

"可惜啥啊。"

另外,说到芥川龙之介,她极力主张:"这个姓氏不管谁来念,都会念成'茶川'吧!"

还有,她是名古屋人,坚定地认为:"这个作家的爸爸一定是职业棒球队'中日龙队'的粉丝。我认识的朋友里,名字里面有龙字的,都是这支球队的粉丝。"

起初,沙耶加就是在这样的情形下开始了一个月一本书的阅读计划。有些学生可能会抱怨:"备战高考必须读这些书吗?这样难道不会走弯路吗?只看参考书不就好了?"而沙耶加则照做不误,她的优点是一旦决定相信某个人,就会依照他的指示,不折不扣地执行。

之后每隔十天,我都会找她确认当前的阅读进度,她回答"还挺有意思的"的次数变得越来越多,有时候还会兴奋地说:"哇,没想到看书也能学到好多东西!"我曾和沙耶加聊过,光是能体会这一点,来补习班上课就值得了。

怎么做好课堂笔记

关于上课时如何做笔记，我最推荐的是 5R 笔记法（又叫康奈尔笔记法），这套方法是由康奈尔大学（美国最顶尖的私立大学联盟——常春藤盟校之一）所制订的，方法如下：

5R 笔记法

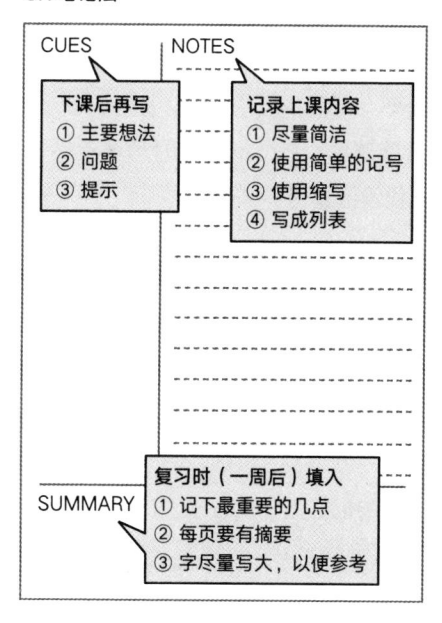

```
CUES            NOTES
┌──────────┐   ┌──────────────┐
│下课后再写│   │记录上课内容  │
│① 主要想法│   │① 尽量简洁    │
│② 问题    │   │② 使用简单的记号│
│③ 提示    │   │③ 使用缩写    │
└──────────┘   │④ 写成列表    │
               └──────────────┘

         ┌──────────────────────┐
SUMMARY  │复习时（一周后）填入  │
         │① 记下最重要的几点    │
         │② 每页要有摘要        │
         │③ 字尽量写大，以便参考│
         └──────────────────────┘
```

首先如图所示，把一页纸分成三个部分：

① Cues（关键词区域 = 能唤起记忆的线索）：下课后使用。

② Notes（笔记区域 = 进行记录）：上课时使用。

③ Summary（复习区域 = 做摘要）：下课后使用。

上课时使用的笔记区域，就是一般人所理解的"课堂笔记"。但要注意的是，不是把上课的内容原封不动地抄下来，而是要总结提炼，随后有意识地将提炼后的简洁内容在脑海中进行复述。

回家之后，在关键词区域写下课上的问题或关键词，使笔记区域里的内容成为"问题的答案"，这样一来可以达到复习的效果，还有个好处，就是能培养出题人的思维，更容易去预测考题。

到了周末或是大约过了一周之后，再将笔记区域的"内容摘要"写到复习区域里。这样做除了方便复习以外，考前梳理时还能起到内容检索的作用。

背诵的诀窍

背诵是应考中非常重要的一环，其中是有诀窍的，那就是反向操作，跟大脑的记忆流程反着来。

以前觉得最好的背诵方式是反复书写，其实这是天大的错误！这种做法会让大脑产生"每一次的记录都不重要"的错觉，而且重复书写同一个内容，通常会导致注意力下降。

建议尝试一下"HOLD法"和"STEP法"，从中选择适合自己的方法。

"HOLD法"指的是当你集中精力记住某个信息之后，先发呆十五至三十秒，其间不做任何思考，接着再努力回想刚才记住的内容。这是因为大脑的工作记忆（Working Memory，即维持短期记忆的能力）只有十五到三十秒。利用这个特性，在这段时间发呆放空，更容易让大脑把这段短期记忆转化成长期记忆（即背诵下来）。

而"STEP法"的背诵方式如下：首先集中背诵一，然后再背诵二，接着闭上眼睛，将刚才背的一和二大声念出来；接下来背诵三，然后闭上眼睛，将记住的一、二、三大声念出来；再背诵四，然后闭上眼睛，将一、二、三、四大声念出来；最后一边大声朗诵，一边用笔写下来，之后再核对内容是否正确。不断重复这个程序，直到背得很流利，记忆就很容易停留在大脑中。

如何有效学习英语

接下来，我会按照"英语""小论文""日本史"的顺序，依次向各位读者介绍各科的学习技巧，相信会让大家在高考备战或参加资格考试时得到一些启示。

首先介绍的是应试中占据最多分源的学科——英语的学习技巧。从此处开始，严肃的内容会持续一定的篇幅，各位读者不妨抱着与沙耶加共同学习的心态来阅读。对学英语没兴趣的读者，可以直接跳到一百零九页。最后会附上一则沙耶加和英语长篇阅读之间的小故事。

首先是选择一本好的词典，可以去书店多翻阅几本，比较一下，如果没有找到特别合适的，可以选择我推荐的《GENIUS英日词典》（大修馆书店出版）。

至于考试专用的词典，现阶段使用实体词典会比电子词典更加便利，毕竟许多学校只允许考生携带实体词典进考场，那么平时就要养成使用实体词典查单词的习惯。当然，如果想知道单词的发音，电子词典的确比较方便。

对了，我和沙耶加初次见面时曾嘱咐她去买一本纸质词典，她一脸认真地回复："啊，我只有一本恶魔词典……"

"那是什么词典？你明天带来看看。"

次日，沙耶加带着词典来了，说："老师，我弄错了，这个不是恶魔词典，是天使词典。"

我见她手上拿着一个电子词典[①]，心想这搞错的原因还真是别致啊。

学习英语单词，我推荐的参考书是桐原书店出版的《Date Base》（DB）系列丛书。单词量比较少的读者可以采用"STEP法"，把想学习的内容分别拆解后，再单独进行攻克；单词量掌握较多的读者建议采用"HOLD法"，以整体统筹的视角去解决问题。《Date Base》（DB）系列丛书适合"STEP法"。

之后，再从"HOLD法"的角度用旺文社出版的《拿下！

---

① 日文中，"电子"与"天使"两个词的发音相似。

1900英语单词》和《拿下！1000英语成语》进行总结。偏差值已经达到六十分以上的学生，可以直接啃透上述两本参考书或是《DUO 3.0》（ICP出版），会更有效率。

至于英语语法，先花上几个星期，通过《A班必读：初中英语语法》（升龙堂出版）把初中英语涉及的语法回顾一遍，再用一个月左右的时间，用《高中综合英语Forest》（桐原书店出版）和配套的习题册复习巩固。

然后开始看《高考英语：高频考点总模拟（实战研究3）》（桐原书店出版），觉得难的学生，可以改用入门版的《实战研究8》。

最后再用《全解析！英语语法终极问题合集——语法·惯用语·口语的最后攻克》的"标准篇"和"重点大学篇"（桐原书店出版）进行汇总冲刺。

如果学生就读的是初高中直升制的私立中学，而且学习水平在中游，建议大部分人从初中英语开始复习，会比较容易出成果。

如何有效使用词典

有效使用词典的方法就是"使用四种不同类型的下划线，把查过的单词圈起来"，总耗时不超过一分钟，就能牢牢记住。

首先，出现不懂的单词时，先推测一下词的意思，然后再去查词典。

接着，花十五秒时间，给这个单词的每一条词义画一条红色下划线，大声念出来，并在空白处写上日期。

如果发现所查单词已经画有红色下划线，就表示之前已经查过一次了。此时直接在红色下划线的下面画上一条"波浪线"，把所有词义大声念出来，空白处再写一个日期（这时就会有两个日期）。

之后查的时候如果发现单词下方有波浪线，就表示"这个单词已经查过两次了"，这时应该会有人觉得很烦躁，心想为什么查了两遍还没把单词记住（这一点相当重要）。此时就要把单词的一整段词义框起来，大声念出来，然后写上第三个日期。

同一个单词查了许多遍，只要一看见词典，一定会下意识地想："这个单词之前肯定已经查过了，查了三次还没记住，我是不是太蠢了。"这样一来，大脑就会认知到："这个频繁出现、查了又查还记不住的单词，一定要优先背下来！"

接着，花十五秒时间把单词的一整段词义大声念出来，同时用荧光笔画一条下划线，并集中注意力，告诉自己"这是最后一次，没有下一次了，一定要记住"。

总共耗时大约一分钟，就能让大脑对一个陌生的英语单词建立起"这是高频词"和"不容易掌握的重点词汇"的认知。

如何有效背英语单词

采用前文所述技巧去查词典,就很容易把单词背下来,配合接下来要介绍的方法一起操作的话,更是如虎添翼。英语是日本高考中最重要的科目,掌握尽可能多的单词量则是能否拿高分的关键,请大家一定要加油。

首先,找出词典里已经用线圈出来的单词,在笔记里写下"单词、词性、意思、例句"几个大字。

接着把这张笔记纸贴在厕所、厨房或是书桌前,每次只要看到就大声念出上面的内容,不知道单词怎么读的人先用电子词典听一遍正确的发音,跟着念出来。

贴在厕所里,确保"每天一定会看见",就算再不情愿也能强制复习，花上三天时间，差不多就能记住了。

如果是贴在冰箱门上，学习时口渴去冰箱拿东西喝时，记得大声念出来，这样也能帮助记忆。要注意的是，不能贴完之后就不管了，每次看到一定要大声念出来。

坚持执行三天后，把这些笔记纸条移到书房贴在墙上。一年后，这间书房就会贴满"不容易记住的重点单词"。只要每次看到时把它们大声念出来，慢慢积累，单词量就会突飞猛进。

家里不方便贴纸条的读者，可以改用笔记本来背单词。这种方式也被称为另一种形式的康奈尔笔记法。具体做法为：

①买一本英语单词本，先把里面的单词分为两类，"认识的"打×，"不认识的"画○，然后数一下有几个○。

②画○的就是接下来要背的单词，把单词总数量除以三十天，算出每一天要背的单词量。

③把每天要背的单词的例句写下来，一边写，一边确认单词在例句中的词义（词义不必写在笔记本上），睡前务必完成。

④隔天晚上自己进行小测。测试方法就是在笔记本的空白处写下前一天背的英语单词的词义。

前文提及的词典和贴纸条的方法，都很适合用在长篇阅读中的单词的记忆上。后面的笔记本记忆法，则比较适合以英语单词本为基础，慢慢积累和增加单词量。

如何有效学习英语语法

学会英语语法是学好英语的捷径，也是一条必经之路。
①首先，把下面这些专业用语的含义全部背下来。

名词、动词、修饰语、形容词、副词、句子、短语、从句
主语、动词（前述）、补语、宾语
介词、连词、关系代词

不先把这些用语的含义理解透彻，连参考书或题库的解析也看不懂，或是不理解。很多觉得学英语很难的人，大多数情况下都省略了这个步骤。这也是他们学不好英语的最大原因，因为老师在授课时都会通过这些用语进行教学。

不过呢，大家不必想得太难，一开始只要先记住以下内容就可以了。

【名词】表示"人名或物名"的词。
【动词】表示"（主语的）动作、状态、存在"的词（V）。
【修饰语】表示修饰（稍后说明）。
【形容词】"修饰名词"的词。
【副词】"修饰动词、形容词、副词、整个句子"的词（看作修饰除名词以外的词也行）。

【句子】上一个句点到下一个句点之间的部分。基本上以"主语（S）+ 动词（V）"的组合出现。

【从句】包含"主语（S）+ 动词（V）"的单词集合。

【短语】不包含"主语（S）+ 动词（V）"的单词集合。

【主语】句子的主角（S），只有名词能作为主语。

【补语】主语（S）和宾语（O）的补充说明。

【宾语】紧接着放在一般动词后面的名词，表示动词的方向或对象等。

【介词】位于名词之前（放在名词前面的词）。

【连词】在句中起连接作用，连接单词、短语、从句或句子。一个句子里如果有一个连词，通常会有两个 S+V 的组合。

【关系代词】属于连词，一个句子里出现关系代词的情况下，后面通常会接一个 S+V 的组合。

※ 如果 S+V 的组合不够，连词、关系代词会被省略。

学英语之前一定要先把这些背下来。其实这些内容并不难，无论孩子的学习能力如何，花上十五分钟肯定都能记住。觉得自己肯定记不住的人，请牢记"只要把这些搞明白，学英语时会轻松一百倍"，然后努力去背诵。

顺带一提，沙耶加有位长辈叫节子，沙耶加平常叫她"小节",但总觉得直呼其名有点不礼貌,后来就称呼她为"名词节"(在日语里,名词节指在英语句子中起名词作用的短语)。

针对英语长篇阅读和速读的学习技巧

讲到英语长篇阅读,很多人认为速读很重要,而且要养成习惯,但如果一个学生连速度较慢的准确阅读都没办法做到,又谈何"快速地准确阅读"呢?所以,我认为"慢读"更加重要。

① 首先,找出与主语(S)和动词(V)相对应的词。

② 用括号()把"前置词+名词"括起来。

③ 连接词用△标注。

④ 关系代名词也用△标注,再将其所在的整个从句用尖括号〈〉括起来。

做完这些之后,就可以清楚地分辨出"主语+动词"的句子结构和修饰部分,帮助我们更加顺畅地阅读理解。

接下来,如果能先了解英语长篇阅读(主要为评论类文章)的结构有以下几个模式,阅读起来就会更有效率:

(A)每个段落由三至七个句子组成,也就是说,会有三至七个句号。

(B)每个段落的内容由主旨、举例(实际案例等)、结论构成。

（C）整篇文章的结构其实和每个段落一样，也是由（B）的方式构成。

如此一来，很快就能了解长篇阅读是由以下结构组成的：

（1）第一段、第二段、第三段的开头第一句话，都是这个段落的主旨。

（2）每一段里的第二至第四句话，都是为了深入说明主旨而举的例子。

（3）最后的第五段为结论。

更有意思的是，全文的第一段为"主旨段落"，第二段之后为"举例段落"，最后一段则为"结论段落"。

考题里出现的论文和评论类文章，大多是这样的结构。

说得极端一点，每一段只读第一句和最后一句，就能知道这篇文章大致在讲些什么。

大考中心出的长篇阅读题，也是依照上述的基本模式。托福、托业、英检考试的长篇阅读，也差不多是这种模式。

当然，遇到叙述文就不能完全套用这个方法了，不过段落基本结构也是大同小异。掌握这个模式，论文类的英语长篇就能快速阅读，即使文中出现某些看不懂的单词，也无须太在意。

很多学生在做长篇阅读题时，会从头到尾边看边在脑袋里翻译，往往中途就开始看不懂了；读到最后，更会因为搞不清文章的主旨而慌神。所以建议大家把前文中介绍的模式代入后再去做题，对于理解文章内容很有帮助。

简单来说，"段落"就是表达的转折，阅读时只要特别留意每一段的第一句，读起来的感觉就完全不一样。如果无法完全把握整篇文章的内容，不妨先精读每一段的第一句和最后一句，知道整段话的主旨后，再通读全文，就很容易了。

最后再跟各位分享一个让英语长篇阅读变得容易的诀窍。

开始阅读长文之前，先用铅笔将每个段落中的断句画一条横线做记号，这个技巧叫"分解困难"。将一整篇长文分解成几个段落，再用线条记号切成更小的段落，在视觉上减轻困难。对许多学生来说，光靠这一步就觉得阅读起来更加轻松。

还可以进一步给每一个段落的第一句和最后一句画一条下划线，让整篇文章的主旨看起来更清晰。

英语精读的技巧

日本人觉得英语很难的原因在于以下两点：

① 词汇。

② 复杂的修饰关系。

不懂的词汇当然很难，但所谓的修饰关系指的是什么？

读过高中初级英文的都知道，英文只有五种句型，没错，就只有五种（虽然各派说法不一）。

具体来说就是 SV、SVC、SVO、SVOO、SVOC 这几种。

但很多人其实不太清楚这些句型的含义。

英语语法中，S、V、O、C 以外的每一个词都是修饰语，一定要记住这一点，非常重要！那什么是修饰语呢？基本数量并没有那么多，其中需要记住的有以下几个：

① 形容词

② 副词

③ 前置词 + 名词

④ 关系副词

⑤ 动词不定式 "to"

⑥ 分词

阅读文章的时候，最重要的是掌握 S（主语）和 V（动词），先把"什么人做了什么事"或是"什么人要做什么事"这些信息搞清楚，是非常重要的。先看看以下几个例句：

The results of the experiment are shown in the graph on the next page.

In the first step, most of the children, regardless of their ages, divided the twelve balls into two groups of six balls each and weighed these.

（实验结果详见下一页图表。

在实验的第一步中，不论年龄大小，大多数孩子都将十二个球平均分成两组，每组六个球，并进行了称重。）

乍一看句子很长，不过只要按照前文所述的方式做些记号，就会变成这样：

The results (S) (of the experiment) are shown (V) (in the graph) (on the next page).

(In the first step), most (S) (of the children), regardless (of their ages), divided (V) the twelve balls (into two groups) (of six balls) each and weighed (V) these.

像这样，把 S 和 V 标注一下，用括号把"前置词 + 名词"括出来之后，长句就会变得非常简单了。

各位不妨运用这个方法，结合前文提到的英语长篇阅读的三段式结构，仔细阅读之前不敢尝试的高难度长文，相信理解速度会与以往大不相同。

听力练习——理论篇

英语听力是很多日本人觉得特别棘手的科目。

在"听一段短文→回答选择题"这类题目上无往不利的人，一碰上"听一段长文→回答选择题"，就变得束手无策了。

实际上，"长文听力测验"是以较慢的语速朗读二十秒左右的文章，并没有大家想象中那么长，所以在听题前，可以先给自己一个"才二十秒而已，实际上并不长嘛"的心理暗示。

如果一开始就有畏难情绪，大脑也会发出"抗拒接受"的信号。这种畏难的意识越强，练习的效果越差，要特别小心！

那么，练习听力时最重要的是什么呢？

就是要去熟悉和适应每个单词的读音与读音之间的联结方式，例如"I speak in English"这句话，以英语为母语的人来念，通常会略过"in"的发音，所以必须习惯这样的发音方式。这个例子还只是一个短句，碰到长篇文章的话，把一整篇都听下来就很吃力了。

不过，听力练习中最重要的还是要增加"单词量"。不管是听得清单词的发音但不懂词汇意思，还是只懂得拼写不懂如何念，都会给听力造成困难。如果不知道出现的单词代表什么意思，或是不知道发音，就会觉得听力很难（沙耶加之前把"嗨，麦克"念成"嘻，三毛"就是一个极端的反面案例）。

其实人们在用母语交流时，对话中也会出现自己不懂的单词，但大部分人都会下意识地根据前后文的信息去推测单词的意思，继续进行交谈。但是，遇到日常不怎么使用的英语对话，就很难这样做。

所以，重点来了！

日常复习英语的时候，一定要借助参考书配套的CD音频，把单词的正确发音一起记住。我在前文介绍过的背英语单词的方法，也可以用在这里。

想提高听力水平，必须先增加单词量。但实际这样操作的人却很少，大多数人更热衷于刷题，即反复听反复做题，以时间精力的投入产出比来说，这样的学习方式完全不得法。

听力练习——技巧篇

英语会话能力想得到真正的提高，就必须将英语单词的词义和读音配套记下来，但对单纯想提高听力分数的人来说，有个方法特别管用。

开门见山地说，听力考试时，原则上一开始都会先放约三分钟的一小段音量测试题，内容大概是："在这个例句中……选项A为……B为……所以答案为……"

很多考生为了"让耳朵习惯"等缘故，会死板地认真听完整段话，其实完全没有这个必要。

那么，播放这段音量测试的时候，该做些什么呢？应该要做的，其实是"先把整张考卷里每道考题的选项都过一遍"。尽量能看多少是多少，完全不用去理会音量测试。

等到可以翻开考卷的时候，也是先把每道题的选项再读一遍。这么一来，等到正式作答的时候，就知道听题时的重点应该放在"什么地方、发生了什么"。

下面，以一道听力测验题为例，内容如下：

"八月二十一日星期三，汤姆前往洛杉矶，打算参观××大学。抵达洛杉矶、办理好酒店入住之后，汤姆发现自己竟然忘记带参观申请。他便打电话给学校，向校方说明了目前的情况。校方听了他的说明后，答应让他依照之前的预约，在两天后参观学校。"

如果听完整篇文章才看答题选项，必须边听边记住所有的信息，这对于英语是母语的人来说也很吃力。此时，如果事先已经看过一遍答题选项，就会发现选项的内容为：

（A）星期三（B）星期五（C）星期六（D）星期日

或是：

（A）第二天（B）两天后（C）十天后（D）二十天后

如果提前看了选项，就能在听题前提早知道"汤姆、洛杉矶、忘记参观申请"等信息一点都不重要，因此听题时，就可以集中注意力去捕捉"星期几、几天"这些相关字眼。

这个技巧能让听力考试的答题正确率得到大幅度提升，每一道考题都可以采用这种模式，利用音量测试题的时间，提早把所有的答题选项都看一遍。

注意英语长篇阅读题中的陷阱题

根据我个人的经验，英语其实是一门较好拿分的科目，不管是谁，只要能脚踏实地作答，都能拿到一定的基础分。沙耶加几门科目的高考成绩里，也是英语拿分最多。

她以前从不看书，但是个很感性的孩子，连读《猿蟹合战》这种民间童话故事都会被感动得不行。因此，她常常在做英语长篇阅读题的时候被文章打动。

有一次，她在英语考试中居然在座位上哭了起来，问她怎么了，她回答说自己被考题感动了……我问她是怎样的内容，她竟然说："读完整篇文章，我其实完全没看懂，但感觉是一篇很感人的故事。"

英语阅读题里有很多干扰项，随着沙耶加英语能力的提高，她对付这些陷阱题也愈发得心应手。听说当时她补习结束后回到家，常常把做题时觉得有趣的英语文章念给妈妈听。

只有一次，她愣愣地问我："这篇英语文章在讲什么啊？完全看不懂。"

她说的文章，是英语试卷里的一道长篇阅读题，出处是

《纽约太阳报》一九八七年刊登的一篇社论——《圣诞老人是否真的存在？》。文章的背景是一个八岁女孩写信给报社，信里提到："我有一些朋友并不相信有圣诞老人存在，世界上真的有圣诞老人吗？"报社的某位记者收到信后，提笔给女孩写了一篇令人感动不已的回信，这篇文章非常有名。

我认真听了沙耶加说的话，才慢慢意识到她为什么在高中三年里经常发呆。

"沙耶加，你认为世界上真的有圣诞老人，对不对？"

答题的考生如果没有"圣诞老人不存在"这种基本常识，要理解这篇文章是很难的。

沙耶加听了我的问题，说："因为电视里经常出现啊。"

"啥？"

"就是长着白色胡子、出现在电视里的老公公嘛。"

"什么？"

"哎呀，我懂的。小时候那些放在枕头旁边的礼物，其实都是爸爸准备的。但是，我想世界上的某些地方一定会有人从圣诞老公公那里拿到礼物！"

"是吗？从什么时候开始的？"

"应该是很久很久以前吧？"

"这么说来，那个圣诞老公公岂不是不死之身？"

"……才不是。"

"那他是怎样的人？"

"肯定非常友善。"

"那他平常都在做些什么呢？"

"对哦，这么说来，这个老公公只在冬天工作。啊！他是不是开玩具店的呀？"

沙耶加毫不死心，说个不停，反复强调"圣诞老人在电视里经常出现啊"。

直到我问她："那你觉得奥特曼也真实存在吗？"

她才"啊？"的一声，看起来似乎明白过来了。

不过作为老师，我很在意否定圣诞老人的存在，是否违反了他们家某一条家规或家训。因此，我第一时间打电话给明妈妈，悄悄问她："说圣诞老人不存在，应该不会给你们家带来什么问题吧？"

"当然不会。"（笑）

其后，我终于可以毫无顾忌地告诉沙耶加："世界上根本就没有圣诞老人！"

诸如此类，沙耶加总在某些方面缺乏常识，这一点经常成为她考试时的障碍。

不过，那段时间沙耶加稍微有点精神恍惚，我觉得有点对不起她。

关于圣诞老人这个话题，现年二十五岁的沙耶加的观点如下："这个段子每次都被坪田老师拿出来大说特说，我已经听过好几百遍了，真的不想再听啦！我又没有假装不懂，我当时说的是那些穿着红色服装派发礼品、打扮成圣诞老人的人！这些人总归是真实存在的吧？"

……沙耶加啊，你真的长大了。

关于小论文写作的技巧

英语的学习方法就讲到这里，接下来为各位读者介绍小论文的写作技巧。这些技巧对于白领撰写工作报告应该也很有帮助。

首先，请大家先牢记一点：小论文是一类"写下自己的看法和反面观点，对反面观点提出反驳，从而证明自己的看法正确"的文章。

而作文则只需要"写出自己的体验或意见、想法等"。也就是说，小论文和作文的最大区别，在于内容中是否出现"反面观点"。

因此，只要掌握下面这个小论文的基本写作结构，不管出什么样的题目，都可以手到擒来。

① 描述文章主题的摘要。

② 针对文章主题，提出自己的看法（及观点根据）。

③ 列出针对该看法的反面观点（必须是自己容易提出反驳的内容）。

④ 针对上一条的反面观点，展开反驳。

⑤ 展开论述，显示自己的论点较为有利。
⑥ 得出结论。

我们补习班会让学生反复练习小论文的写作，但提笔之前最重要的其实还是"针对文章主题，形成自己的看法"。因此，学生必须具备最低限度的知识和常识，这是写好小论文的必要条件。

我最推荐学生看的参考书是《十四岁开始的哲学：学习思考的第一本书》（池田晶子 著）。这是一本很棒的哲学入门书，可以从中了解思考和烦恼的不同，以及什么是语言等，即使当作课外读物，读起来也非常有趣。

阅读这本书时，可以试着把书中每一篇文章的摘要写出来，请语文老师修改，作为前文提到的"描述文章主题的摘要"的练习。这项练习也有助于思考训练和获得最基本的知识。对于想针对自己一直以来认为理所当然的观点，从各种角度进行多元化思考的人来说，这本书非常有用。

用这本书做完基础的摘要写作练习后，接着用《文艺春秋OPINION：20××年论点100》开始进一步的练习，这样可以迅速掌握对现代社会的问题发表观点的基础知识。

针对"团块世代①集体退休，日本将去向何方"等主题，这本书里有两篇以上由观点不同的作者发表的小论文。作者还在文

---

① 指日本在1947年至1949年之间出生的人，即第一次婴儿潮人口。

末整理了一份数据文件，其中有很多与主题相关的基础知识。

在使用这本书之前，建议用《现代用语的基础知识》（自由国民社）代替词典，先把"数据文件"的含义搞清楚。

以上步骤做完，就可以进入正式的文章摘要练习了。先把持正面论点的文章摘要写下来，再写反面论点的文章摘要，接着以此为基础，去构建自我思考。

也就是说，先从"数据文件"获得一定的基础知识，读完两篇观点相悖的小论文，从中学习如何进行反向思考，然后形成自己的观点。

到了这里，就可以着手进行小论文的写作了。

论文的框架（写作结构）就是这个小节的开头提到的分段式结构六步法。

保持一周一篇文章的练习量，一个月就能掌握关于四种文章主题的基础知识。

用《文艺春秋OPINION：20××年论点100》进行练习之前，建议先找老师划分重点主题的掌握顺序，再根据考试时间进行倒推，算出还剩下几个月可以复习，先把应该重点攻克的主题拿下，再练习其他方面。

比方说冲刺时间只剩半年、最后的两个月要着重练习真题的情况下，留给用《文艺春秋OPINION：20××年论点100》进行文章摘要写作练习的时间便只有四个月，按照前文提出的一周一个主题的练习节奏，四个月里一共可以掌握十六个主题。

至于这十六个主题应该优先掌握哪一些，建议找老师帮忙筛选一下更有效率。

📝 小论文和沙耶加

其实在小论文的写作上，沙耶加从一开始就有点无师自通。她总是能把个人情绪融入文章主题，会生气，会感动。此外不知道为什么，她的字迹很是工整端正，可以给评分老师留下好印象。

为了锻炼从多元角度看事物的能力，我首先推荐沙耶加读前文介绍的《十四岁开始的哲学》，接着再让她读文艺春秋的《日本的论点》（当时的旧书名）。这是一本针对同一个主题，提供两种以上的论点的书。当然，我也要求她通读"数据文件"，写出每个论点的概要之后，再写出自己的想法。

用《十四岁开始的哲学》进行教学时，我这么告诉她："吉娃娃和杜宾犬外表看起来完全不一样，但对我们人类来说，这两种狗都被定义为'狗'，对不对？"

沙耶加听完感动得不得了，大声感叹："对，真的是这样，好厉害！"

后来，我开的补习班选择《十四岁开始的哲学》作为练习小论文时的首选参考书，就是因为从沙耶加身上收获了非常明显的学习成果。

这本书的作者池田晶子刚好也是庆应大学毕业的，还发挥了额外的作用，让报考同一所大学的沙耶加边读书边憧憬"庆应的人真的好厉害"。

这本书的内容非常深入浅出，连当时偏差值只有三十的沙耶加读起来也不费力。

事情过去很久之后，沙耶加仍不停地跑来问我："看到从来没见过的犬种时，我们为什么知道那是一只狗呢？"最后我忍不住回她："你很烦啊！"（笑）

练习小论文时，沙耶加总会"为什么？为什么？"地问个不停，是个很受教的孩子。很多学生刚开始写小论文时，会直接从原文里摘录一些句子，然后七拼八凑成一篇摘要。然而，沙耶加却能用自己的语言加上主观情绪，将独立思考后的想法撰写成文。虽然也夹杂了很多原文根本没提到的内容，但这样的文章反而让人有读下去的欲望。所以，各位读者，在写作小论文时，不妨多多加入自己的语言和想法吧。

话虽如此，由于沙耶加认得的汉字实在不多，如果文章里出现了比较艰涩难懂的汉字，她就会突然读不下去。在小论文的写作上，出现错字会被扣分，所以她写的小论文里使用了大量的平假名[①]。

于是，我在课上要求她用学研出版的小学生汉字练习簿从

[①] 日语使用的一种表音文字，可用于标注汉字的读音，也可与汉字组合使用。

头学起。沙耶加刚开始很抗拒，觉得"为什么要做这种跟考试没啥关系的练习"，后来转变了想法，觉得"小论文里多出现一些汉字，整体看起来更高级啊"，就开始埋头苦练了。

尽管现在她的汉字水平还是勉强刚过及格线，但是公司的同事经常会问她关于汉字的问题，因为她是"庆应毕业的"。

"我都是乱猜的啦，不过，最近猜对的次数越来越多了。"沙耶加如是说。

沙耶加和日本史

给沙耶加补习的科目中，最艰难的当属"日本史"，虽说她倒不是没有这方面的天赋……说到这里，得先提一下她让我几次碰壁的故事。

有一次，用日本历史教材为她补习的时候，刚好讲到镰仓时代。

"老师，我问你一下，这个'镰仓'是哪个地方啊？"

我还没来得及回答，她就抢着说："哦，在京都是吗？"

听到她这么说，我差点跌倒。如果那时的武士们口中喊着："朝镰仓出发！"结果却往京都去了，日本的历史不知道会变成什么样子。

过了一段时间，沙耶加有了些长进，教材的内容也进入江户时代末期。我问她："日本从江户时代进入明治时代之后，便慢慢地步入近代化，开启近代化契机的，是一位率领黑船入港的司令官，你知道这个人叫什么名字吗？"

沙耶加看起来自信满满，回答："我知道！我知道！"嘴里还不断模仿《美国纵横超级问答》[1]中的抢答铃声"哗嘣——哗嘣——"，一只手放在头顶上下摆动，模拟节目选手按下回答铃后，头上的号码牌跳起来的样子。

她抢答："是泰里、泰里！"（正确答案是马休·佩里。）

补习到这个阶段，沙耶加已经大有进步，就算答错也不会相差太多。我没有立即纠正她，沉默着听她说下去。

"这个泰里做的事情真的让人超级生气，一直搭黑色的船来日本。"

沙耶加生气的点，似乎在于佩里"一直搭'黑船[2]'来日本"，而不是他强行以武力打开锁国时期的日本国门。

"一直搭黑色的船来日本，这人肯定是个超级爱出风头的人！"

这就是上课时，让沙耶加突然生起气来的莫名其妙的理由。

"大家一定也这么觉得吧，所以课本上不写他'搭船来日本'，而是特别强调'他搭黑色的船来日本'，对吧？"

说实话，我小时候也曾对此事抱有疑惑："为什么是'黑

---

[1] 日本知名大型问答猜谜类综艺节目，面向海外市场，征集普通人参与录制。
[2] 指江户幕府末期抵日的外国蒸汽船，因船体涂以黑色而得名；通常也指1853年由海军将领马休·佩里率领、迫使日本开放门户的美国船队。

船'？为什么课本中只有这里特别强调船身的颜色呢？"

总而言之，比起其他科目，沙耶加补习历史的时候，总是喜欢提出一些不着边际的问题，把我累得半死。

除了佩里以外，还有很多很多的历史人物也让她嫌弃。

各种尔虞我诈的历史事件尤其令沙耶加激动，她总会瞬间把自己代入历史情境中，仿佛置身现场一样（如前文所说，这对于学习历史其实是很有帮助的）。

例如课本里提到田沼意次[①]执政时期的政治贿赂（近年来有学者认为，这可能是后世政敌给他安上的罪名），后来继任的松平定信[②]推行简朴节约的施政方针，却得不到百姓支持，人们反而怀念起田沼意次当政的时代。民间还流传一首"白河水清难养鱼，田沼浑浊堪怀念"的讽刺诗。

"田沼意次真的非常讨人厌！但是，松平定信推行的政策明明很好，百姓们却不喜欢，这样不是很奇怪吗？太奇怪了吧？"沙耶加愤愤不平地说。

她又接着说道："当今的政局呢……呃，其实现在的政治是啥情况，我是一窍不通，不过真的很奇怪吧？"

她确实什么都不懂，只是单纯对现在的政治局势有很糟糕

[①]田沼意次（1719—1788），江户时代中期的武士、远江相良藩的初代藩主，敢于打破重视身份和门阀的惯例，破格提拔平民为幕臣，但他的拜金主义思想也助长了武士阶级道德的败坏。
[②]松平定信（1759—1829），江户时代的政治家、陆奥国白河藩第三代藩主。接手田沼意次担任幕府老中，实行宽政改革，提倡抑商重农等政策。

的模糊印象，读到这些内容就气得要死。

"应该让松平定信再掌权一次！"这孩子大言不惭地说。

还有另外一个历史事件。

孝明天皇安政五年（1858），时任江户幕府大老[①]一职的井伊直弼及其下属，在未获得天皇的许可之下，就和美国签订《日美友好通商条约》，并出兵镇压反对的群众——史称"安政大狱"。最后以井伊直弼被政治暗杀而告终——史称"樱田门外之变"。

沙耶加听我说完这个故事之后，一个人在教室里嚷嚷："这人活该被杀！早就应该去死了！"

此外沙耶加学习历史时还闹过不少笑话，比如我问她："江户幕府为了测试大名们的忠诚心……忠诚心这个词你懂吗？"她回道："这是什么黄色笑话？！"

这孩子估计是把"忠诚心"听成其他意思了[②]……

还有，她总把"生类怜悯令[③]"这个词念错，不是念成"生灵邻悯令"，就是念成"生怜灵敏令"……这样的状况层出不穷，学习进度也因此拖延。

总而言之，她对日本历史理解得很慢。到了后期，我要求她说明"大化改新"时，她竟然回答："跟圣德太子有关的那个嘛……好像是他和足利义满吵架了，但是吵赢了！对！圣德太

---

① 日本江户时代的官职名，地位仅次于幕府将军。
② 日文中，"忠"音同"啾"（接吻），"诚心"音同"精子"。
③ 江户幕府第五代将军德川纲吉掌权时期颁布的一条禁止捕杀动物的法令。

子赢了。"("大化改新"其实是中大兄皇子联合中臣镰足等人刺杀大贵族苏我入鹿后推行的一次政治改革。)

诸如此类的错误太多了，情况实在有点不妙。

学渣如何有效学习历史

老实说，像沙耶加这样的孩子其实有很多。一般来说，男孩也许比较擅长历史。

适合沙耶加这样的孩子学习历史的方法，大概是把《学习漫画 少男少女的日本史》(小学馆1997年12月修订增补版，共二十三册)看到滚瓜烂熟。

沙耶加当时看的是小学三年级时买的《学研漫画 日本历史》系列丛书，但这套书是八十年代出版的，实在太旧了，不推荐大家去看。虽然现在出了最新版本，不过整体来说内容变得太单薄，还是不推荐。

其实呢，大家可以把历史想象成一部"由留名历史的伟人上演的大型电视剧"。

很多历史人物的所作所为在现代人看来匪夷所思，比如已经出家的前任天皇强行与亲儿媳发生关系等。如果学生刚好喜欢看偶像剧、晨间剧或是韩剧，只要告诉他们"历史故事可比电视剧狗血多了"，几乎每个人都会惊讶不已。

在学生阅读《学习漫画 少男少女的日本史》时，不妨向他们提议代入影视剧导演的视角，思考一下该让哪些演员来出演这些角色，让他们主动去掌握人物关系和时代背景等。这样一来，记住相关历史信息就容易多了。

此外，这套小学馆出版的历史漫画书的注释非常详细，只要花工夫读深读透，就足够应付那些录取率很低的名校入学考试。在沙耶加复习的冲刺阶段，我只要求她把这套漫画连带注释一起看个明白，当她听到我说"你现在只能靠漫画学历史了"，还消沉了好一阵子……这段往事后面再细说。

沙耶加当时应我的要求去书店买历史漫画，但书店只有集英社的《漫画版 日本历史》，她打电话问我可不可以买。我告诉她："不行！只能买小学馆或学研出版的！"后来还是明妈妈从汽车车库里翻出了以前买的整套学研旧版漫画。（想学习世界史的读者，可以选择集英社出版的历史漫画。）

通过看漫画的方式把日本通史大致搞明白后，接下来要读的就是山川出版社出版的教辅书《详说日本史B》，把全书一百四十四页的内容用前文介绍过的康奈尔笔记法进行总结提炼。遇到不懂的词，用这家出版社的《日本史B用语集》查询，比词典更快。

总结时，不能一边看书一边写笔记，要多读几大段内容，在脑子里回顾一下，再写下来。这种方法不仅有助于长期记忆，还能让大脑保持模拟考的状态，可谓是一石二鸟。

接下来再读一本也是山川出版社出版的《一问一答 日本史B用语问题集》，把书上的历史名词全记下来，不管是哪所私立大学的入学考题，基本都能拿下。说实话，学生如果到这一步都能一样不落地复习到位，绝大多数私立大学的入学考试能拿下八成的分数，大学入学中心考试则能拿下九成。

最后，针对国立、公立大学及部分私立大学的历史论述题，需要用到山川出版社的《日本史论述问题集》进行训练。

还有，只靠一个人单枪匹马很难完成论述题的押题，可能性基本为零，找学校的历史老师帮忙研判一下比较好。

沙耶加和日本近代史

尽管沙耶加一开始在日本史上进步得非常缓慢，但她在看完一整套《学研漫画 日本历史》之后，分数就大幅提升了。不过直到开考前三个月，她对于日本近代史的把握还是很不理想，竟然把"福泽谕吉"写成了"福泽输吉"……我便问她："都这个时候了，我姑且再跟你确认一下，你知道福泽谕吉是谁吧？"

"一个伟大的人！啊，不对，伟大的是爱迪生。"

"你这孩子……知道爱迪生是做什么的吗？"

"总之是个很了不起的人，这个人人都知道啊。"

"你是从《樱桃小丸子》的歌里学到的吧……我问你，福泽谕吉创立了什么？"

"呃，糟糕……我是知道的啦。"

"那就快点回答！"

"呃，就是，发明了电话？"

"不对，不许再模仿丸尾说话！"

"啊，发明电话的人是……克尔！"

"接近了！"

"林尔！"

"差一点点。好吧，老师知道你的单词量提升了……再想想我刚才问的是什么问题？"

"福泽谕吉创立了什么？"

"对，答案呢？"

"一万元纸币！"

"……是你想去的地方啦！"（正确答案是福泽谕吉创立了庆应大学。）

"噢，我知道了，烧鸟店？"她得意地说。

"沙耶加……老师说实话，你要是真考上庆应的话，实在没天理……"

第五章

眼中的高墙——

"我是真的注定考不上庆应吗?"

高考倒计时半年，考上庆应的可能性近乎为零

沙耶加在高二暑假那年进入补习班，本来每周只上三天课，从冬季班开始改为周一到周六每天都来上课，再后来又转为不限次数的冲刺班。自从她升上高三后，就一直过着这样的生活。

她对任何事物都是无条件吸收，因此，我常笑着夸她："你的大脑不是普通的海绵，而是干巴巴的海绵啊。"

第一次这么说她时，沙耶加一脸郁闷，我问她怎么了，她说："大脑像海绵不是斗牛症吗？"呃……这孩子想说的应该是疯牛病吧？

在她接受补习满一年时，我要求她在上高中三年级的八月初，参加某场大学入学中心考试的模拟考，并希望她可以拿下好成绩，鼓舞士气。

考前两周，我对她进行了"记号式模拟考解题法"的培训，具体内容如下：

①考试时间有限，必须优先处理分值较高的题目。
②为了预防因为粗心而失分，选择题采用排除法作答。
③在主要问题下方画线，仔细读题。
④如果思考三分钟还是不知道答案，就跳过不答。

此外，我让她做了个练习，想象抵达考场前和开始考试后的一系列流程。

"早上七点，闹钟响了，但你还很困，心里想着再睡十分钟……虽然很想多睡会儿，最后还是爬起来了，但只有上半身坐起，一只脚伸出被窝……"

如上所述，我让她预想一下考试前的事情，越详细越好。

考完试后，沙耶加开心地告诉我："还蛮简单的！"因为她模拟了很多考前会遇到的突发状况，例如进考场前可能会突然想上厕所，所以当现实中进行得比较顺利时，她便能放松心情去应考。

不过说实话，到了这个阶段，她能在模拟考中得分的科目仍然只有英语和现代日语，其他科目都处于打基础的状态。不过，我要求她预想流程时尽可能具体一点、有压力一点，所以当实际情况比预想情况轻松时，她自然会觉得很顺利。

我很期待考试的结果，看了她带回来的考题和她写的答案，心想"说不定分数比她自己预估的高"，但并没有把这个想法告诉她，只是要求她把模拟考的题目再做一遍。

大约一个月后，模拟考的成绩公布了。

英语考得比她预估的好很多，她自己开心得不得了，但是日本史和语文还有很多进步的空间。

沙耶加此时已经越来越有教养，阅读的书越来越多，甚至写了一篇《蟹工船》的读后感。文章中还用到了"无产阶级文学"这样的词，我记得当时还小小感动了一把。

　　读完这本书，我深感震撼。我了解到战前的劳动人民很辛苦，也明白了他们是用生命在抗争。通过这本无产阶级文学的代表作，我真切地感受到当时真实的社会情况是什么样的。
　　日本在第二次世界大战战败后，和平了很长一段时间。我很幸运地出生在这样的和平年代，对今年已经十八岁的我而言……

但我们的高考志愿是"日本私立大学中排名第一的庆应大学"，以目前的水平，距离这个目标还非常遥远，所以我只能对她说："学校的课程是为所有学生服务的（这么说实在对不起学校老师），你只要认真学习专门为你设计的课程就好。"

没想到这样的做法竟会拖累沙耶加的妈妈被请去学校谈话（后文会详细说明）……明妈妈、学校的各位老师，真的很对不起你们。

不过成果是喜人的,沙耶加的学习水平慢慢提高,努力开始开花结果。

九月初,她参加了第二次全国统一记述模拟考,英语的偏差值居然超过七十。在全年级一百八十七人中排名第十三。可以看出提高英语实力所获得的成果。

垫底辣妹终于用一年的时间,成功地将偏差值提高了四十分。这让我感触良多,心想,总算走到这一步了。

但是,要考上庆应还是很难。而沙耶加在庆应大学的录取判定中,也只拿到"E",这意味着考上的几率微乎其微。

从这时起,我辅导她时变得更加严格,我们之间已经建立信赖关系,接下来该好好鞭策一番了。

"不考庆应也无所谓呀?"

距离正式应考只剩半年,录取判定为"E"这件事还是给沙耶加造成了不小的冲击,她生理上也快到达忍耐的极限了。

在这一年当中,明明自己比任何人都要用功努力,不但将睡眠时间压缩到最短,精神上也一直承受着巨大的压力……没想到却只拿了个"绝望的E"。

"考庆应实在太难啦,没救了,我都这么努力了,到极限了，再逼自己也没用。我是哪根神经坏掉了，为什么会想读庆应？能考上明治就已经很好啦……"

说完这些，沙耶加两眼无神、怅然若失地看着我说："我应该是考不上庆应了。"

看到她这副模样，我感觉她是当真的。在此之前，她学累了的时候也曾经一脸耍赖的表情，对我说"快不行了"，要求我调整作业内容。然而，她这次的表情是真的已经想放弃了，于是我故意把话说得很绝："好啊，那你就放弃算了，反正这样下去绝对考不上。"

沙耶加似乎感觉到我是"故意生气给她看"，心想："老师平时总是笑嘻嘻地夸我，这是他第一次跟我生气……完蛋了，老师一定很难过。"

这时，我对日本史还学得一塌糊涂的沙耶加说："以你现在的水平，只剩下看漫画这个方法了。抓紧把小学馆或学研出版的整套历史漫画全部读完，再拖下去就没时间了。"

这番话似乎让沙耶加更加困惑："都这个时候了居然还叫我看漫画？这样真的考得上庆应吗？"她心里估计也觉得"坪田老师肯定是放弃我了"。

其实这段时间，沙耶加的学习水平的的确确有了很大进步。但庆应大学这个目标还是设得太高，距离正式考试剩下不到半年，却只拿到"E"判定，相当于直接宣判她考不上，对她来说确实很难受。

打个比方，一个人确切地感受到了自己的弹跳力有进步，但是一抬起头，发现眼前是一堵十米高的墙，根本跳不过去……这真的会让人有绝望的感觉。

这种关键时期，光靠"好玩、有趣"的诱因，是无法帮助沙耶加渡过难关的，所以我只在这个时候严厉地鞭策她。

当时恰逢秋季，正是各所学校举办校园文化周的时节，同学们忙着举办活动，处处洋溢着欢乐的气息。

但对考生来说，一分一秒的时间都不能浪费在备考以外的事情上了。

沙耶加的同学帮她分担了很多校园活动的工作。她最后能成功考上庆应，A班同学此时提供的协助不可或缺。她当时觉得太麻烦同学了，于是诚惶诚恐地带了很多零食、饮料去慰劳她们，同时也很感谢大家愿意帮助她，这也使得她对只拿到E判定更耿耿于怀。

所以，她开始产生这样的想法："明治大学给的是C判定，就是说有可能考上，那不是更保险吗？为什么非考庆应不可？"

补习班学生的家长常问我："我家孩子如果要报考早稻田、庆应、上智、东大、医学院等，有多大概率能被录取？"

对此，我只能回复："说实话，像这类超级名校，不管学生多么努力用功，考上的概率大概都只有五成。"

既然如此，沙耶加又何必在这时将目标从庆应降到明治？

一切都还很难说啊。

因为一次模拟考的成绩，有必要把目标降低吗？

我的想法是，**如果在中途降低目标，人就会开始一步步走下坡路**。一旦在这里妥协了，恐怕沙耶加到时连明治大学也考不上，这样太可惜了。所以我坚定地告诉她："你真的觉得考别的大学也无所谓？老师倒是认为，报考对象不是庆应的话，你的努力就白费了！"

哭着想放弃的那个晚上

我常常鼓励沙耶加："如果你真的考上庆应，这么戏剧化的经历完全可以出书或者拍一部励志电影！而且你长得很有庆应人的范儿，不像明智，也不像东大，完全就是庆应的风格。"不断地给她灌输非庆应不可的观念。

但是本来冲劲十足的沙耶加到了这个阶段，也开始认真地觉得自己不行了。

听说那段时间她从补习班回家后，趴在床上哭喊："我考不上庆应了！"

明妈妈看到她这个样子，对她说："那就别读了。如果真的这么痛苦，咱们就不考了，你已经很努力了。"还说，"沙耶加，现在放弃并不表示你失败了，妈妈觉得你已经收获了很多，跟考上庆应的价值是一样的，你从坪田老师身上学到了这些能力。"

明妈妈当初千辛万苦才凑齐补习费，一直为女儿加油打气。但是，当沙耶加认真地说出"好痛苦哦"的时候，明妈妈也直言不讳地劝她："那咱们就放弃吧。"

沙耶加听到这些话，立刻在心里问自己："我真的要放弃吗？"但她转瞬间就下定决心，让自己一定不能放弃。

因为沙耶加明白，妈妈这么说并不是故意说反话，或是出于某种策略，而是真心地关怀自己——如果真的学得太痛苦，那么干脆放弃吧。

明妈妈告诉我："我是希望沙耶加未来过得幸福，才一直为她加油打气。如果考庆应真的让她这么痛苦，感觉不到一点幸福，那不如放弃。"

我听了这话，非常佩服她。

而沙耶加也改变了心意。"妈妈这么爱我，我一定会加倍努力。如果真的考上庆应，就能像坪田老师说的一样，从今往后都是幸福的日子了。"

她还说："如果这时候放弃，我哪儿还有脸去见坪田老师呢？但是，只要我不放弃，用功努力拼到最后一刻，至少我和老师都能无怨无悔。"

于是，她又重新振作起来，对明妈妈说："妈妈明天陪我去趟东京好吗？"因为我告诉她："就算你决定放弃庆应，但那也是你曾经努力想报考的学校，不如休息一天，去庆应的校园转转，如何？"她也听进去了。

明妈妈一口答应。

本来沙耶加已经要睡了，一想到这里，又马上跳起来自我鼓励："如果在这里放弃，一切就结束了，现在睡觉实在太浪费时间啦！"又像平常一样复习、预习到天亮。

沙耶加还在家里跟妈妈抱怨："坪田老师真的好无情哦，他说我的日本史只能靠漫画恶补……"

"那你可以照着做做看呀。"

"哦。"

结果，沙耶加真的听我的话，把整套《学研漫画 日本历史》全都读完了。而且就如前文提到的，她的日本史成绩也以极快的速度突飞猛进。所以，学习历史的时候真的不能死记硬背，通过电视剧或漫画等来帮助记忆也许最有效率。

下雨天，在妈妈的陪伴下参观庆应大学

翌日，在十一月阴雨绵绵的天气中，明妈妈开车载着沙耶加从名古屋前往东京，陪着她把庆应两个不同的校区都转了一遍。

由于沙耶加这时还是蔫蔫的，没有完全恢复精神，所以两人在开往东京的车上一直沉默，车里只听得见雨刷声。

到达东京之后，母女二人把日吉和三田两个庆应的校区仔细走了一遍，没有遗漏任何地方。

逛校园时，沙耶加没有化妆，身上只随意穿了套运动服，一头金发中长出了很多黑发却没有补染，脑袋像颗黄色的焦糖布丁一样。那天的天气很冷，天空阴沉沉的，还下着雨，听说沙耶加一脸要死不活的模样。

明妈妈虽然觉得"光看校区能有什么用"，但还是拉着女儿在校门口拍了张合照才回名古屋。

由于沙耶加的样子实在太消沉，为了让她转换一下心情，明妈妈开车去日吉和三田校区的途中，还顺道带她去明治大学看了一下。来来回回的车程中，明妈妈想稍微提振一下沙耶加的精神，于是对她说："明治也很不错嘛，考上的话就有一年会和山P（即日本人气偶像、男演员山下智久）上同一个校区，说不定会遇到他哦。"

但在返回名古屋的路上，沙耶加突然说："还是庆应比较好。我还是想考庆应！"

回到家之后，她就发疯似的继续用功复习。

明妈妈告诉我，她觉得好像是我对沙耶加施了什么魔法。

在我看来，我只是给了一点建议，次日明妈妈就立刻带她去庆应大学，这等行动力才令我敬佩不已。不管发生任何事、我对她们说了什么话，她们都愿意听从我的建议，并立刻做出回应。

"因为当时，我们能依靠的只有老师你了。"明妈妈告诉我。如今回想起来，"妈妈的行动力"才是提升沙耶加读书效能的最强助力。

经过这次体验，沙耶加更加坚定了"我要去庆应上大学"的决心，变得比以往更用功。

那阵子据说她随时处于想睡觉的状态，但一想到考上后就可以想睡多久就睡多久，肾上腺素又立马飙升，不管在家里还是补习班，一秒都舍不得睡。

沙耶加的妹妹小真回想起那段往事，说："那时姐姐的脸跟以前完全不一样，五官常常是放空的状态，老嚷嚷我现在要写小论文了，你很吵，出去外面好不好？或是直接张开嘴巴，让人喂她吃饭，脸上没有表情，好像被什么东西附身了一样。"

"爬山也是有方法的，你知道吗？"

话虽如此，沙耶加这段时间的压力已经到达最高点，又被"E"的判定压得喘不过气来，没有睡眠时间，整个人变得越来越焦躁。

她还曾经跑到厨房问明妈妈："有没有盘子可以借我摔？"听说明妈妈压力大到受不了的时候，向来都是用摔盘子的方式发泄。

于是明妈妈拿出几个可以摔的盘子,叮嘱她:"要装进布袋里再摔哦。"

那阵子,二楼房间时常发出"乒乒乓乓"的声响。关于这点,她本人是这么说的:"我知道如果跟妈妈抱怨,她一定会因为心疼我叫我放弃,所以要自己一个人把压力消解掉。"

可能是因为我曾经教她,如果压力大到不知如何是好,可以通过扔扔枕头、把东西弄乱来发泄情绪,而她也照做了。

有一次,我还建议她有时间的话,不妨去爬爬山。

沙耶加回家后,把这话告诉妈妈,问妈妈为什么我会建议她去爬山。明妈妈回答说:"沙耶加,你知道人是怎么爬山吗?"

"看着山顶一直往上走。"

"沙耶加,这种爬法会马上掉下山崖摔死哦……其实爬山的时候呀,必须时刻留意自己的脚下才行。抬头看看山顶,心里想着'如果能登顶,风景不知有多美'的时候,也要把视线移回脚下,一步一步地向上走。一直盯着脚下,会觉得好辛苦、好难过,甚至不知如何是好。但是,只要坚持往上爬,就会在不知不觉中爬到很高的地方,看到很棒的风景。这就是坪田老师建议你去爬山的原因吧。现在,你可能觉得山顶那么远,怎么可能爬得到呢?但爬山就是这样,只能一步一步往前走。你目前正处于还只能看着脚下,慢慢一步一步往前走的阶段,所以老师才会这样告诉你。"

沙耶加应了声"这样哦",接着独自一人从阳台爬上屋顶,抬头看着天上的月亮，思索妈妈方才那番话：

"现在每个人都很辛苦，不过也只能一步一步往上爬啦。"

爸爸的变化

这个时期，爸爸几乎没管过沙耶加的高考备战，把事情全都丢给明妈妈处理。

其实对爸爸来说，庆应大学也是他年轻时想报考的理想大学。当年，他听说好像可以通过相扑获得特长生名额，曾经犹豫是否要练习这项从来没接触过的竞技运动，没想到自家的笨女儿竟然把目标定为庆应。尤其在看过沙耶加高二暑假之前的成绩后，他更是觉得这个目标简直是痴人说梦。

起初，他以为妻子和女儿是被补习班洗脑了才说出这么可笑的话，还说："沙耶加如果真的考上早稻田或庆应，一切学费我来承担。但她如果考上的是其他莫名其妙的野鸡大学，一毛钱都别想从我这儿拿走。"

话虽如此，到了这个时候，他在一旁看到沙耶加的压力已经大到快要爆发，也开始反省自己是不是给女儿施加了多余的压力。

这段时间，沙耶加家里的气氛确实很紧张。她在二楼房间复习时，常常听到爸爸在楼下大声责骂妈妈或弟弟，她很不喜欢这样,所以都戴着耳塞读书。

"当时真的已经没时间了,所以我还下楼抱怨,'要吵可以出去吵吗'。"

其实在这个时期,我常听沙耶加抱怨家里发生的事情。她基本都是上完课才说,甚至可以边吐槽边做题,这真是了不起的技能。毕竟一般人吐苦水的时候,都会忍不住停下手边在做的事情。

坦白说,不只沙耶加这一家,很多学生都遇到过因为家庭矛盾的波及而无心应考的情况。每次学生来找我商量家里的事情时,我总会心想:为什么做父母的要对孩子说这些没有助益的话?

一直以来,我采用的都是"上课时教授学习方法,下课后让学生在家里预习、复习,到补习班后通过考试确认他们是否吸收掌握"的辅导方式,其间会专门安排一段时间倾听学生抱怨家里的事情或是聊聊心事,让他们放松一下。不这么让他们发泄一下,很多学生根本学不下去。从这个层面上看,沙耶加的家庭状况并不算特殊。

话虽如此,我也不可能一直在补习班听学生聊家长里短,所以都是改完学生做的试卷,才把他们叫来聊天。听多了沙耶加的抱怨,我也学会了边改考卷边和学生聊天的本领,利用批改卷子的空当和学生聊家里的近况。有了谈心这项措施帮助学生调整心情,很多事情都能进行得更加顺利。

坪田补习班目前还有很多讲师为学生学习压力大而烦恼,所以我也会教他们怎么利用改考卷的时间听学生聊家里的烦心事。

✏ 有效化解压力的好办法

这段时间，我在严厉鞭策沙耶加备考之余，还顺便教了她另一个消除压力的好方法，那就是"写日记"。

再这样下去，沙耶加会被压力击垮；但是如果太爱抱怨，又会把人际关系搞砸。

所以，我便建议她去写日记。

另外，我还提醒她如果和周围的人相处不融洽，可以试着在纸上写出对方的十个优点。

于是，沙耶加在我的建议之下开始写日记了。

> 今天开始写日记了……坪田老师告诉我，像这种时候，只要把自己的想法都写出来，心情就会舒畅很多！

这是沙耶加动笔写的第一篇日记。

从那天起，她把每天的所思所想都写下来。不管是和朋友之间的事情、和以前交往的男生之间的关系，还是备考时的痛苦，全部一五一十地写出来。这孩子的个性就是这样，一旦决定相信某件事，就会全心全意地坚持下去。

12月10日

　　天寒地冻，不知不觉间已经入冬了。从补习班回来的路上，我跟自己说不要焦急、不要难受、不要痛苦。大家都这么支持我，我一定要坚强起来！

　　但是，压力还是很大很大，好像有个很重的东西压在我身上。

　　每次有人对我说"加油啊"的时候，听起来都像在说"别落榜啊"。

　　万一我真没考上，那该怎么办啊……干脆躲去其他国家，这样就可以不用见人了。我也不想见他们。

　　但是办不到吧……怎么办，我老是这么胡思乱想，这样不行吧？我也想专注于实现目标啊，但就是忍不住想东想西。

　　既然如此，那就放空思绪吧。什么都别想，什么都不做。

　　快点把试考完，我还有很多事情想做呢。

　　但是过度学习的话，会不会猝死啊……人类的学习欲望好像永无止境似的。

　　我想让所有人都大吃一惊，成为世界上最幸福的人！有钱花，有朋友在，还有人爱。

　　她这段时期写的日记里出现很多辛苦、害怕、厌恶的字眼，也记录了自身软弱的一面，但最后无一例外都是以正向积极的话结束。

11月26日（星期六）

好孤单、好痛苦、好空虚、好难受、好辛苦、好想大喊、好想见面、好怀念、好期待……

不可否认的是，这段时间她充满了不安和不满，把学校当成了补眠的场所……因为在课堂上不顾一切大睡特睡，和学校老师的关系一度降至冰点。

沙耶加就读的班级，是不需要参加升学考就可以直接从X高中免试直升X大学的，所以对老师来说，遇到这种学生应该很棘手。

对于采取初中、高中、大学直升制的学校来说，并不希望学生报考其他学校，所以大多数会向学生灌输"直升是理所当然"的观念。站在学校的立场，像沙耶加这种读的明明是内部直升班却想考其他大学，还那么认真备考的学生，很可能会影响到其他同学，所以更加视她为眼中钉。

"我女儿日夜苦读，能让她补眠的只有学校课堂时间了"

在这样的情况下，有一天，明妈妈被叫去学校谈话。老师朝她大吐苦水："你女儿不仅和从前一样上课不听讲，甚至一整节课都在呼呼大睡，她到底怎么了？"

对此，明妈妈回道："老师，沙耶加真的在认真备考，请您谅解她好吗？"

"沙耶加妈妈，你说的这是什么话？上课时认真听讲才是学生的本分吧！"

"老师，我想你应该知道，沙耶加现在有一个目标，为了实现目标，她非常拼命地在努力。"

"嗯，我知道啊，是想考庆应吧，哈哈哈。你们怎么到现在还在说这么天真的话，她再怎么拼命也考不上啊。"

"我知道大家都不看好她，但她没有放弃，还是非常努力地想实现目标。她每天都在补习班苦读好几个小时，回家后也一直学习到天亮，都没有睡觉。你说，她还有什么时间可以补眠呢？除了课堂以外没有别的地方了。老师，您不想帮助沙耶加考上庆应，甚至说她不行，还嘲笑她一定考不上。但是补习班的老师却觉得她一定考得上，所以沙耶加只能相信补习班老师了，不是吗？对她来说，学校的课已经没有意义了。我们不需要学校直升大学的推荐名额，所以请老师让她睡吧。我知道这样做很乱来，但是只要几天时间，离考试真的没几天时间了，麻烦老师就当作没看见吧。"

这一番话，明妈妈说得从容又坚定。

然而，老师仍旧非常坚持地说："不行就是不行，学校有学校的规矩，每个学生都必须遵守。"

即使如此，明妈妈还是不放弃，继续和老师长谈了三个小时，不断强调"沙耶加想考庆应大学，请让她在课上补眠"。

说到最后，老师的态度终于软化，答应了这个要求："真拿你们没办法，那请她不要睡得那么明目张胆吧。"

"妈妈，班主任一定觉得你是怪兽家长。"沙耶加说。

就连爸爸听了也吓一跳。"你在乱说什么，老师怎么可能答应这种要求？"

沙耶加对妈妈佩服得五体投地，骄傲地说："只有我的明妈妈敢跟老师说这些话。"

站在明妈妈的立场，她只是觉得"如果这个时候退缩了，没有及时跳出来为女儿争取，沙耶加就没有时间睡觉，会在考试之前累倒"，于是拼命地说服老师。

其实当时我也是这么想的。（各位学校的老师，对不起！）

一般情况下，学生的母亲只要听到老师说"不行"，通常就会觉得不好意思，不敢再提出反驳，根本不会想到违抗老师的命令。

但是明妈妈根据自己从小的经验，知道人世间通常的价值观和一个人会不会幸福一点关系也没有。

她并不想把沙耶加教成只会听老师话的"好学生"，而是选择了让孩子主动学习的教育方式。

我认为这样的做法并不会"破坏集体规则"，也并不是什么

"自我中心主义"。

因为班上每一位同学都看见了沙耶加的努力，衷心祝福她能成功考上，积极地为她加油打气，这就是最好的证据。

"我真的很想考上庆应"

明妈妈跟学校老师谈判成功，对沙耶加来说可喜可贺，第二天她立刻带了一个糖果状的枕头去学校。上课时就在枕头上铺一条毛巾，枕在桌上睡觉。

沙耶加回忆，她有时候会中途醒来，听一下上课的内容，发现"怎么还在讲这些内容"，于是又继续趴下睡觉。

那时候的她一定很得意吧。这么说或许有点猖狂，不过那时沙耶加的学习水平已经大幅超越 A 班的进度了。

从那时候起，沙耶加在学校上课时不是在睡觉就是在看漫画（仅限于我指定的《学研漫画 日本历史》），班主任一般也睁一只眼闭一只眼，没再管她。

不过部分科目的老师还是会生气，这时班上跟她关系比较好的同学就会跳出来帮她说话："不好意思啊老师，沙耶加读书太用功了，拜托让她睡会儿吧。"有时沙耶加睡到一半醒来，甚至发现同学围在她身边打掩护，避免让老师发现她在睡觉。

这令她大受感动，更加认真地备考，因为"不能辜负大家的支持,一定要考上庆应"。

其实在这个阶段,几乎没有人认为沙耶加真的能考上庆应,大家都觉得这只是一句玩笑。到了更晚一些的时候,朋友还问她:"你说这些话是认真的吗?"

"备考到最后,我在学校的数学成绩还是零分,但是为了考上庆应,努力恶补的英语、语文、历史,还有对报考其他大学比较有帮助的文言文,分数在慢慢提高,这让老师们也稍微有点惊讶。但他们从来不问我在补习班的事情,应该说,他们从来没有主动找我谈过话。但是呢,因为庆应是一所很难考上的大学,学校老师肯定到现在也很介怀——我这种年级垫底的笨蛋差生究竟是怎么考上庆应的?"

关心沙耶加的两个人

沙耶加在学校补眠的时候,是明妈妈去向老师解释,坚持获得老师的谅解。她完全不在乎自己的面子,从头到尾只为了保护孩子。她之所以这么护短,其实是因为沙耶加刚出生时家里发生过一些事。

明妈妈的母亲一生都过得很坎坷,所以明妈妈下定决心要拥有幸福的婚姻,让母亲也感受到自己的幸福。因此,她在成长过程中一直带着某种义务感,后来也嫁给了母亲中意的对象,也就是沙耶加的爸爸。

但沙耶加刚出生不久,丈夫就离职创业,忙到完全顾不上家里。沙耶加的外婆见了,每天感叹:"为什么我女儿也无法拥有幸福的家庭?"

明妈妈把这一切都怪到了沙耶加爸爸头上。

这股怨气一直盘旋在整个家庭的上空。当时还是小婴儿的沙耶加几乎每天发烧,不停呕吐,身上还常常发红发肿。

这种情况让明妈妈不知所措,感觉自己仿佛每天都孤零零地处在苦闷的深渊之中。她小时候家里气氛融洽,父母都是社会精英,住在高级住宅区,从来没有为钱发过愁。但是到了青春期,父母债台高筑,亲戚们为了逼他们还钱,时不时就威胁一番。明妈妈一想到这些痛苦的回忆,就会忍不住掉下眼泪。

当时还是婴儿的沙耶加虽然因为发烧满脸通红,却总是笑眯眯地看着妈妈,好像在说"妈妈不要哭"。

看到女儿发着烧身体难受,却还对自己露出笑脸,明妈妈忍不住抱起她哭了起来。

她发誓,一定要让这孩子成为全世界最幸福的女孩,不管什么时候,不管今后发生什么,自己都可以抛弃自尊、不顾世间常理和旁人眼光,让这孩子掌握获得幸福的方法,并懂得怎么选择。

明妈妈从小在母亲的责骂中长大,一直以来都觉得自己很没用,这时又陷入谷底,是沙耶加拉了她一把。这时她才突然意识到"自己能在人生中扮演一个有用的角色"。

之后,明妈妈也是怀着这样的想法带大了沙耶加的弟弟和妹妹。每当她陷入迷惘时,就会回想起沙耶加还是小婴儿时的笑脸,提醒自己莫忘初衷。

"当孩子还是小婴儿的时候,每个父母都是无条件地爱着孩子,发誓要尽全力保护孩子。但很多父母会慢慢忘记这件事,觉得只有听话的才是乖孩子。我没有变得和他们一样,都是因为沙耶加当时的笑脸。"

此外,随着考试时间一天天逼近,爸爸的态度也慢慢有了转变。

比较大的转折点,发生在沙耶加读高三时的新年。

一开始爸爸很固执,对女儿漠不关心。

所以哪怕是过年期间,全家人和登门拜访的亲戚一起在家里吃年夜饭的时候,沙耶加也不愿意下楼。后来,她好不容易下楼了,匆匆忙忙跟在一楼餐厅的亲戚打完招呼,不到一分钟又回到二楼。看到她这副态度,爸爸终于觉得"孩子拼成这样,应该是认真的"。

虽然没有当面求证,但沙耶加也开始感觉爸爸的态度有些不同了。通常只有妈妈会偷偷跑到二楼书房看她,现在连爸爸也会上楼关心女儿备考的情况。

而且在外面和朋友吃饭的时候,爸爸只要一喝酒就会开心地跟人说:"我女儿说不定真的会考上庆应哦!"

看到女儿这么认真，爸爸不仅很开心、很期待，也开始觉得妻子教育孩子的方法是对的，并不是一味地宠孩子。

就这样，沙耶加的努力用功，让家庭成员之间本来摇摇欲坠的关系发生了微妙的变化。

第六章

垫底辣妹终于走进

以庆应为目标的高考战场

✎ "要是再给我一个月就好了,我肯定准备得更充分!"

距离考试只剩下几个月,沙耶加已经能稳定地发挥实力了。面对庆应这座高山,沙耶加一步步往上爬,实力也跟着稳步攀升,终于到达了最高点。

上高三那年十二月,她的模拟考偏差值在综合得分上超过了六十分,也就是说,除了英语之外,就连她比较不擅长的科目,也都进入全年级前百分之十五,真的只差再加把劲了。

我们的应考策略是对的,接下来就是和时间赛跑。

其实当时她每个科目的水平都还处于"再加把劲"的状态,已经接近"一流",但还不算"超一流"。

这段时间,我强迫她背大量的英语单词,为了巩固历史,还督促她利用周末把整套《学研漫画 日本历史》再读五遍。在加强小论文方面,我认为应该让她具有更多元的视野,于是抓紧时间,把那阵子闹得沸沸扬扬的"活力门事件"跟她说了一遍——就这样,我们一分一秒也没浪费,那段时间很紧绷。

顺带一提，沙耶加那时的日常装扮已经变成了素面朝天、一头黑发加运动服。脸因为备考压力太大而水肿，青春痘也变多了——完全看不出是高中二年级来补习班的那个辣妹。那阵子她全身心扑在复习上，根本没有时间去关注头发和衣着。

"老娘已经抛开女人的自尊，绝对要考上庆应啊——"

虽然讲话的时候还有一点辣妹的样子，但是言行举止和知识储备量已经和从前判若两人。

在她反复使用下变得破破烂烂的英语词典，同样是她成长血泪史的见证。

一年多前成绩还是全年级垫底的沙耶加，现在在学校的考试中，每一门文科科目的分数都已经超过了平均分。模拟考的成绩更是喜人，居然超过同校升学班（C班）绝大部分的学生，急速蹿升至年级前三，尽管她在学校上课时都在睡觉……

我看沙耶加每天过得紧锣密鼓的，为了增强她的自信，便推波助澜地告诉她："这样下去说不定连东大都不成问题哦。"

她也顺势得意扬扬地回答："搞不好我真能考上东大呢。"

但是，毕竟我们从一开始只针对庆应进行备考，所以她在东大的合格判定只有"W"。

一般再怎么差也会有个"E"，这已经是令人绝望的级别了。面对这个低到不能再低、我从没见过的评价，沙耶加看了只说："还真麻烦，我就不考东大了。"一瞬间就放弃了东大。（通常情况下,"W"的判定是由于应考科目不够导致的。沙耶加当时参加模拟考时报名的科目较少,却在志愿院校一栏擅自填上东大,才会获得这种超低评价。)

进入最后一个月,我对沙耶加只有两个要求:第一,猛刷真题;第二,消灭错题。

谨慎选择报考的院校,也是应考时非常重要的技巧。

如何择校呢?具体来说有以下两个重点:

第一,先刷真题,收集出题倾向和题型类似的真题,进行反复练习,然后把目标院校分成三个梯度:"冲击型"——考上就是赚到;"稳妥型"——真正考得上的大学(第一志愿);"保险型"——肯定不会落榜的大学(也就是俗称的备胎)。

第二,确认各所院校的考试日期和放榜日期,再决定要参加哪些大学的考试。

以上两点都必须充分考虑、仔细斟酌。

关于第一点,如果目标院校中有些考英语作文和听力,有些不考,就必须准备不同的应考策略,这样会比较吃亏。有些院校出题范围很偏门,比如庆应的经济学院只考"一六〇〇年后的日本史"。所以学生在选择目标院校的时候,就应该选择"日本史出题范围百分之九十都集中在江户时代以后"的大学。

关于第二点,应该在已经被备胎大学成功录取的情况下,再参加"稳妥型"目标院校,即第一志愿学校的应考,让自己心里有个底。如果考试当天处于还不知道有没有考上或全部落榜的状态，面临真正重要的考试时内心会有动摇，必须尽量避免出现这种情形。

话虽如此，永远没有人能预测考场上会发生什么，没考上备胎大学却考上第一志愿的考生也很多，所以推荐大家尽早进行"切忌患得患失"的模拟想象训练。

那么，此时沙耶加的复习进度如何呢？老实说，我觉得"再多给一个月就万事俱足了"，这阵子让她做真题时，大约有一半都能达标。

于是，在和沙耶加还有她爸妈商量后，我们终于一起选定了沙耶加的报考院校。

"保险型"（备胎大学）：明治大学、关西学院。

"稳妥型"（第二志愿）：上智大学。

而真正的第一志愿则是私立大学的最高门槛：庆应大学。

回想起来，实在很难想象这是一年多前还认为"strong"的意思是"星期日"的差生列出的高考志愿名单。

第一道难关：被称为西之庆应的关西学院！

沙耶加报考的第一所院校，是人称"西之庆应"的关西学院。

考场很近，就在名古屋，但考试当天下大雪，明妈妈开的那辆车似乎没办法顺利把她送达考场。

这时，平日里似乎漠不关心的爸爸，立刻打电话让自己公司的员工准备一部配雪地轮胎的车子，然后亲自开车，把沙耶加送到考场。

原来真正遇上事情的时候，爸爸还是很乐意伸出援手的。沙耶加这一年半的努力，瞬间消解了父亲固执己见的牛脾气。

在车上，沙耶加突然大喊："没带手表！我忘了！"爸爸听到后，立刻把车停在一家便利店门口，跑进去买了一只（在沙耶加眼里）非常俗气的电子表给她。

沙耶加说，她当时紧紧地把那只电子表握在手心，走进了考场。

进入第一个考场的感想是"我的天哪，怎么这么多人"，于是心里有些紧张。

但她这天的运气很好。

入座后，她翻了翻教科书，想把握时间再复习一下，没想到邻座的男生从铅笔盒里拿出一张棒球卡立在桌面上，开始拜了起来。

看到这滑稽可爱的景象，沙耶加忍不住笑了出来，心情一下子变得很轻松，考试也不紧张了。

沙耶加以前认识的朋友刚好和她同一个考场，坐在后面的位子。这位同学成绩一直比沙耶加好很多，所以经常嘲笑沙耶加。

开考前，他看见沙耶加后，还得意地朝她打招呼："哟，是沙耶加啊,哇哦——"

"这小子还是跟从前一样。"沙耶加心想。

因为这个插曲,她的心情又轻松不少。

考完回家的路上,这位朋友还跟沙耶加抱怨:"题目好难啊。"

沙耶加却想:"难在哪里了?超级简单好吗?"于是更确信自己一定会考上。

之后,这个朋友在大雪中骑着自行车回家了。沙耶加则坐进了来接她的爸爸的车子里。这天,爸爸特地没安排任何工作,考试时还找地方打发时间,等考完后再来接女儿回家。

听到沙耶加在车里得意地说"铁定会被录取",爸爸半信半疑,笑着说了句:"真的吗?"

考场在上智大学,意外面临苦战

在此之后,沙耶加还去东京参加了明治大学和上智大学的入学考试。其实参加这些考试,也是为了让她在考庆应之前先适应一下考场,练一练手。

于是沙耶加在东京的酒店一共住了四天,妈妈一直陪着她。

沙耶加说,在考明治大学经济学院时,她觉得相当轻松、绰绰有余。可能是因为考关西学院时非常顺利,才让她有这样的感受。

"我当时觉得这所学校的校区好漂亮哦，还想，说不定会遇到山下智久呢。"

此外，上智大学的考场也给沙耶加留下了鲜明的记忆：

"那里的楼都挺旧的，感觉每个来考试的人脑子都很好。名古屋有一所叫东海高中的男校，是我们这儿升学率最高的，好多学生也来参加考试。我有几个好朋友也在，考完试后大家互相指着对方，都在大叫'完蛋了完蛋了'。

"上智大学的英语在那一年突然大幅改变出题方向，难倒了很多考生。这所大学的真题我刷过很多遍，已经做得得心应手，考前也很有信心，没想到真考起来竟然一道题也不会。所以中途就放弃了，觉得再写下去也是浪费时间，不如趴下睡觉。东海高中的考生全军覆没，身边也没听说有谁考上了。有传言称上智大学那年应该只想收一些英语水平高的学生。我内心觉得上智没希望后，为了回家之后好好复习备考庆应，干脆趴下睡觉，结果到考试结束还没醒，最后还是监考老师把我叫醒的。自那时起，我就告诉自己放弃上智，只要考上庆应就好。"

补习班最后一次课上发生的事情

明治和上智的入学考试结束后，沙耶加先回到名古屋，等着参加庆应的考试。

我把回九州老家时买的"太宰府天满宫菅原道真的高考必中铅笔"送给了沙耶加。

沙耶加后来笑着回忆道:"我记得铅笔一共六支,装在盒子里,里面还写着老师名字的拼写'Nobutaka Tsubora',好像还有一些鼓励我的话,具体是什么就记不清楚了……"

当时送她的时候,我趁机问:"菅原道真是什么神?"

"啊?铅笔之神?"

"完蛋了,你肯定考不上!"我记得当时还这么笑她。

答案是学问之神。

考前,明妈妈只订到了一家距离考场有点远的酒店,着急得不行,只好打电话求助还在冷战中的丈夫,拜托他:"能不能帮忙找家近一点的酒店。"

爸爸接到电话之后,马上打电话给朋友,想办法订到了一家就在考场边上、档次也不差的酒店。

冷战多年的夫妻,彼此僵化的关系终于因为这件事出现了一些转机。

出发去东京参加庆应入学考试的沙耶加对妈妈说:"我想专心一点,这次就让我一个人去吧。"

然后独自一人踏上了去东京的路途。

听说当时她是这么劝说妈妈的:"我不是不喜欢你陪我去,也不是因为你会打扰到我,最后这段路我就想一个人走完,当作是给自己一个了结。"

明妈妈很不放心，小声问了她好几次："你自己一个人真的可以吗？"

担心归担心，明妈妈最后还是听了女儿的话，只把她送到名古屋车站，然后就回家了。"但是她后来每天都打电话给我呢。"沙耶加笑着说。

出发去东京参加庆应大学的入学考试之前，一贯漫不经心的沙耶加不免也紧张起来，一脸正经地跑来对我说："老师，我快被压力锤扁了。"

此时她的脸上，已经没有半点从前会问出"平安京是什么人"这种蠢问题的辣妹模样了。

我告诉她："有压力，说明你心里觉得能考上。如果你一直觉得自己考不上，就不会有压力啦。很棒哦，你进步了！"

"是吗？那我好像真的能考上庆应哦。"

说完，沙耶加脸上的表情放松不少，接着拿出那本已经破破烂烂的英日词典，对我说："老师，帮我在这上面签个名，写几句话吧。"

于是我一通龙飞凤舞，在词典的封底写了自己名字的罗马音，然后停笔想了一下，又写下了一行英文：

Where there is a will, there is a way.（有志者事竟成。）

我认为这句话最适合当时的沙耶加。

"我真的好想去庆应读大学！"

当年的应届考生中，意志力最强的恐怕就是沙耶加了。

想有所改变，想变成全新的自己，这样的想法人人都有。但是要将想法化为行动并持续下去，其实是非常困难的，例如减肥就很少有人坚持到底。再加上沙耶加本来就讨厌读书，备考过程中不仅要读很多从前根本看都不会看的书，还不被身边的人看好，一直被嘲笑"异想天开""书呆子"等。但她还是坚持下来了，努力用功了整整一年半。

所以，我从来没想过她会考不上，这种事真的连想都没想过。

她绝对会考上！

我心里这么想着，走到补习教室外面的自动售卖机买了一罐热咖啡，拿去送给沙耶加。今天是她到补习班上课的最后一天，咖啡罐子的标签上印着"合格"两字。

她拿过咖啡暖了暖手，对我说："老师，谢谢你！这罐合格咖啡我要留到考试前再喝。老师，这一年半来，真的很谢谢你的照顾，如果没有你和明妈妈，我是绝对不可能熬过这段漫长的备考时间的，真的很感谢你。"

她不停地对我鞠躬道谢，两只眼睛激动得都泛红了。

是啊，过了今天，这孩子就不会再回到我班里上课了。我也微微有点伤感。

最后，我握住她拿着咖啡的双手，对她说："好好向前冲！"

沙耶加精神奕奕地回答："好！"

上完最后一堂课，她便回家了。

终于踏入第一志愿庆应大学文学院考场，然而……

到了东京，沙耶加就不那么紧张了，甚至还有点过于放松。

"能做的我都做了，接下来就看运气了……"

她是这么想的。

由于爸爸订的酒店在横滨港未来21，考试前一天，她在酒店附近走走逛逛，还跑去港见丘公园发了会儿呆，几乎没有读书，大部分时间都在外面幻想："如果住在东京，要去哪里玩呢？"

明妈妈回想起这段时间，是这么说的："坪田老师送给沙耶加的那罐合格咖啡，我相信只要沙耶加带在身上就能考上，一直小心保管。沙耶加还告诉我，她知道了一个秘密，说坪田老师发愿在她录取结果公布前都不抽烟，还瞒着不让她知道。沙耶加还说，那么多人都帮我加油，我真的非常、非常谢谢大家。想着这些幸福的事情，后来就不紧张了。"

沙耶加独自一人在东京总共待了四天，参加了四场考试，都是庆应不同学院的。

最早考的是经济学院和商学院。不过她根本没有针对理科进行准备，所以是抱着"考上就是赚到"的心态应考，以平常心面对。当然，毕竟根本没备考过，后来公布的考试成绩惨不忍睹。

接着终于到了她的第一志愿——庆应大学文学院的开考日。

从她之前刷真题的结果来看，最有可能考上的就是这个学院了，她又一下子紧张起来。

考前最后一刻，沙耶加心想"就是现在！"，并且感慨万千地把我送给她的合格咖啡一口气喝光，期待这罐咖啡能不负众望地发挥镇静剂的作用。

万万没想到竟然出了天大的岔子。

大概是因为在紧张的时候猛喝了一罐冰咖啡，沙耶加的肚子突然很不舒服，在考场做题时一直想上厕所，也真的去了好几次，花了很长时间处理，结果写卷子的时间就不够用了。

文学院的英语考题都是很长的文章，长文中某个部分用下划线标注出来，翻译得越好的人分数越高。沙耶加本来对这些翻译题很有自信，但是跑了好几次厕所之后，时间变得不够用，注意力也越来越涣散，没办法仔细阅读英文……结果在无法充分发挥实力的状况下结束了这场考试。

当天其他科目的考试也是这样，虽然她做文学院的真题时大多能拿下九成以上的分数，但是考试时就是没办法好好发挥实力，就这样结束了一天的考试。

"搞砸了……"沙耶加心想。

不过，不管是喝咖啡导致拉肚子，还是自己分析的失败原因，沙耶加都没告诉任何人，很长一段时间都把这个秘密藏在心里。

如此一来，庆应大学就只剩下综合政策学院的入学考试了。

然而，她在练习综合政策学院的小论文真题时从来没拿过好成绩。

正因为她真心觉得"自己完了"，才决定把这件事烂在心里，不跟任何人说，就连妈妈打电话来询问时，她也没有提文学院考砸的事情。

"入学考试成绩公布前，一切都有可能发生，千万不能患得患失。"沙耶加这时想起了我对她说过的话。

不要患得患失，以平常心看待。

没必要这么快就让大家失望。

所以，沙耶加当时完全没提起自己考砸的事。

走进复习时总是成绩最差的综合政策学院考场

沙耶加即将面临今年最后一场入学考试，那就是庆应大学综合政策学院。

从刷真题的成绩来看，她自认为根本不可能考上，心情反而轻松得不得了。

上午第一场考的是英语，据她说"非常简单"。

"怎么会这么简单啊？"沙耶加边想边不停地唰唰唰解题。那一年卷子里关于前置词的选择题非常多，沙耶加答题时几乎都是毫不犹豫地做出来了，还觉得："这么简单岂不是人人都会？那还怎么拉开分数？"

其实，这一届的英语考题并没有那么容易，她之所以觉得简单，是因为之前专门针对英语进行过加强训练，水平也确实有所提升。

"下一场考小论文，靠运气吧。"庆应小论文考试的最大特色，是提问之前的论述非常长。

考题里一共有三篇不同主旨、不同论点的长文，考生读完之后要分别做出摘要，再将自己的看法和观点写成小论文。考试时间长达三小时，写起来很辛苦。

沙耶加之前做真题的时候，一直对这个科目很苦恼。

如前文所述，她写文章其实很有天分，但在时政方面的知识积累还不够充分，总是无法发挥实力。

当时，沙耶加一边读题，一边想哪些话题能用，突然想起了和我的对话。

"咦？这个话题上星期好像跟坪田老师聊过？"

她想起的是我们关于"何为舆论？舆论有时也是错的"的对话。我当时举了"活力门事件"和社会上对此事的批判作为例子，告诉她："电视或报纸写的不能尽信，每一件事情都要从不同角度切入去分析，这点非常重要。"

当时沙耶加想起我跟她说这些话时的场景，突然灵感迸发，读题时心里一直想着："好想快点把自己的观点写下来啊。"

接着，她用最快的速度写完文章摘要后，就开始写起"活力门事件"的始末和"我认为的对待舆论的方式"等内容。

考试时想起了补习班的一次对话

沙耶加原来是个不看书不看报，也不关注电视新闻的辣妹，理所当然欠缺时政方面的常识。

她从前一直以为"首相"和"总理大臣"是两个不同职位，还跟我说"老师如果是日本总统就太好了"这种莫名其妙的话。

后来，她慢慢补上了课本上的知识，但对于时政问题还是很生疏，我们也知道这会成为她考庆应综合政策学院时的弱点。

意识到这一点后，我日常和她聊天，都会时不时地加入大量的时事话题。

一般来说，很多大学入学考的小论文题目用的都是发生在半年前的时政热点，所以我常跟她聊这段时间内的时事政治。

最开始的一年，我要求她自己读报纸、查资料，然后写下自己的观点。到了冲刺阶段，我会跟她讨论时事，例如："为什么堀江贵文会被逮捕？你对这起事件有什么看法？"

"活力门事件"当年可是轰动全日本的金融证券界丑闻。

当时，新兴企业"活力门"的董事长堀江贵文被誉为"大阪近铁野牛"职业棒球队的救世主，活力门因此一时声名大噪。堀江贵文后来甚至以无党派身份参选日本众议院议员，还拍过电视广告，一跃成为时代的宠儿。

然而世事难料，他那句"没有钱买不到的东西"的发言被曲解，舆论开始转而批评他的各种行为，后来公司总部被日本检方强行搜查，他本人也被正式逮捕……

事发翌日，沙耶加看了相关的新闻报道后对堀江贵文评价道："这个人真的很恶劣！"还是平常那副愤愤不平的模样。我认为这是一个很好的机会，于是告诉她："舆论这种东西转向很快的。"

"啊？啥是舆论？"

"舆论就是普通大众的看法，但是会一直变来变去。"

沙耶加看起来非常惊讶。

"之前媒体那么吹捧他的时候，你是不是也觉得堀江贵文很厉害？"

"是啊。"

"其实媒体说的都是垃圾。我问你，你觉得小泽一郎怎么样？"

"我觉得他坏透了。"

"那为什么几十年来，他在岩手县的议员选举中都可以当选呢？你觉得在岩手县民众的眼里，他是个怎样的人呢？"

"应该是好人吧。"

"那为什么我们觉得他很坏呢？"

"因为新闻上都是报道他不好的事情。"

"那这次堀江贵文被逮捕这件事你怎么看？"

"说不定他是个大好人？"

"对吧？重要的是明白看待事物一定要从多种角度出发。我们看电视新闻或报纸的时候，如果只获得片面的信息，看法就会有所偏颇，所以千万不能全盘相信媒体的片面之词，而是要站在不同人群的立场去思考，这一点非常重要。就像堀江贵文，之前被媒体吹上天，不久后又被舆论打落在地，爆发活力门危机。还有，他的作为其实也让不少人受益过，对吧？学会用多元角度看问题，就能发现新闻其实包含很多不同的观点哦。"

沙耶加说，她在庆应综合政策学院的考场写小论文时，脑子里一直想着和我聊过的这些话。她就以这些内容为基础，开始动笔写文章。因为这个话题我们聊过很多次，她的思考也很深入，想写的东西源源不断地出现在脑海里。

"三个小时的考试时间一下子就过去了。"

考完试后，沙耶加认为这篇文章写得超级完美，完成度超高，心想"太意外了，我说不定能考上哦"，但又想起放榜前一切皆有可能，决定先把这件事放在肚子里。

第七章

高考成绩放榜与

心连心的家人

关西学院和明治大学都考上了！但是第一志愿呢？

就这样，沙耶加的入学考试终于都考完了。

这场长达一年半的备考攻坚战终于画下了句点。

接下来就是等成绩放榜。

沙耶加原本打算考完之后好好大睡一场，却突然睡不着了。在等待考试成绩公布的日子里，她开始看之前想看却不能看的电视节目，每天无所事事地待到三更半夜。

她从复习应考的压力中解放出来的这段时间过得很幸福。

时常跟朋友在电话里聊到半夜，但是听说从来没有人问她考没考上、有没有被录取。

最先公布考试成绩的是关西学院。

沙耶加顺利考上了，总算可以先松一口气。

顺带一提，考试当天坐在沙耶加隔壁座位的男生，就是对着棒球卡猛拜的那个，很不幸地落榜了。

不久之后，明治大学放榜了，沙耶加也考上了。

不过，考英语时让原本信心满满的沙耶加"折戟沉沙"的上智大学落榜了，正如预期。

但她早有心理准备，所以并没有太难过。

后来沙耶加的妹妹小真考上了上智，成功帮她扳回颜面。小真刚开始连伊达政宗的名字怎么念都不知道，这又是另一个故事了。

沙耶加考完庆应的综合政策学院后，虽然觉得"自己说不定真能考上"，但是回家后又想："但我文学院铁定落榜，不妙啊……还是乖乖等结果吧。"还是没有把当时的考场情况告诉任何人。

结果，第一志愿庆应大学文学院果真如她所料……没考上。

她在电脑页面看到自己的成绩后，第一个就告诉了明妈妈："妈妈……我没考上文学院。"

沙耶加已经不太记得妈妈当时的反应了，只记得她静静地说："也好，这说明你不适合读那里。"

不过，沙耶加并没有亲口将文学院落榜的事告诉爸爸。

"再怎么努力也是瞎折腾"

之后，沙耶加打电话给我。

我常叮嘱她："不要对考试结果患得患失。"（我对每个考生都这么说。）但是在电话中听到她没考上庆应文学院的消息时，内心还是很震惊，不断冒出"这怎么可能"的疑惑。

庆应经济学院和商学院也都没上岸，老实说，我真的觉得沙耶加大概没什么希望上庆应了。

为了学生应考顺利，我甚至第一次发愿戒烟，没想到一点用也没有。

沙耶加是个有天赋的孩子，学习上也非常认真。我听她说了那么多家里的事，一想到她如果没考上庆应，处境会变得很不妙，就不由得焦急起来。我实在不希望沙耶加和她的家人产生"再怎么努力也是瞎折腾"的想法，不希望她这一年半的努力，只换回一场跌得最惨烈的失败。

当时，我还不知道她是喝了我送的咖啡，导致拉肚子没发挥好才落榜的情况，以为她只是单纯的实力不够，觉得很不甘心，心想文学院都这样了，那剩下的综合政策学院想必也不乐观……

但是，我不能让学生看出自己信心动摇，说太多借口也不好，所以改变主意，尽可能装出积极又平静的语气对她说："这样哦，没关系，还有综合政策学院的成绩没出来呢，等到最后一刻才知道。我们现在至少确定关西学院和明治都考上了，对吧？再等一等好了。"

沙耶加一听这话，就猜到我一定也受到了很大的打击。

"老师肯定是为了我才假装平静的"。于是她只回了句"好的",就火速把电话挂了。

其实,沙耶加一直觉得在考场上写的那篇小论文非常不错,所以把一切结果赌在综合政策学院上。

"我本来以为稳上的文学院居然落榜了……还有四天,一切都还是未知数,我也根本不敢告诉别人,我其实感觉在综合政策学院的考试中发挥得很好。"

在焦急等待综合政策学院公布成绩期间,关西学院和明治大学的注册缴费期限也近了。

"和坪田老师商量后,他建议我去读被称为西之庆应的关西学院……因为外婆家就在大阪,爸爸非常赞同,瞒着所有人偷偷缴纳了三十万日元的注册费。"

结果揭晓

庆应大学综合政策学院的成绩终于公布了,放榜时间是中午。

除了沙耶加之外,家里一个人也没有。

"连明妈妈也不在家,大家是顾虑到我才出门的吧。"

沙耶加在规定时间进入公布结果的网页,手上拿着鼠标不停地点击操作,显示屏上终于弹出了一行字:

"恭喜您被成功录取!"

"真的假的?"沙耶加睁大眼睛看着屏幕,嘴里冒出这句话。

但她马上冷静下来,心想:"不出所料,我当时就觉得文章写得很好啊!"

接着,她马上打电话向明妈妈报告。

明妈妈不知道在哪里转悠打发时间,一接到电话立刻冲回家,和沙耶加抱在一起,不停地说:"你做到了!"

之后沙耶加打电话给我,说到一半时奶奶也回来了。知道沙耶加被庆应录取后,她开心到快哭出来,用力地抱住孙女,说:"沙耶加,你好棒哦。"

五年后,奶奶离开了人世。沙耶加说:"奶奶过世前,我总算没让她失望,尽到了孝心。"

爸爸也开心得不得了,紧紧抱住她不放,还把她举了起来,高兴地大喊:"我的女儿要去庆应上大学啦!"内心的喜悦简直无法形容。

"沙耶加,你真不是一般的拼啊!"

不想接通的电话

接到电话的时候,我正在前往补习班的路上。

我大约知道成绩几点公布,但是原本最有把握的文学院已经落榜(当时我以为是沙耶加实力不足导致的),所以当折叠式手机显示"沙耶加来电"的信息时,我是真的不敢也不想接。

从她以往做真题的成绩和过去的数据来看，我认为沙耶加应该考不上综合政策学院。是因为考试科目与她的特质还比较契合，我才姑且鼓励她去考考看，权当纪念。

得知她没考上庆应文学院后，我一直在思考如何才能让她开开心心去念关西学院。

怎么做才能让她的家人一起积极地接受这个结果？

考试已经结束了，再怎么鼓励也无济于事。事到如今，命运已经无法改变。

每天洗澡的时候，我都在思考这件事。思考要怎么解释，才能让她明白努力没有白费。

除了口头安慰，身为一个老师，我还应该采取什么样的行动呢？

我认为在电话中随便讲两句，很难将话题带到比较正面积极的方向，所以打算等她告诉我综合政策学院落榜的消息后，就平静地挂上电话，把想说的话写成一封信，见面时再交给她。

我想在信里把她这段时间准备考试的过程全写下来，让她知道："你已经从全年级倒数第一的差生进步到成功考上关西学院，真的非常厉害，太棒了！"

这封信的最后一行就写："保持联络。"

我以为自己大致做好心理准备了。

但是，就在我上班途中心里想着"成绩差不多能查询了吧"的时候，手机突然响了，吓出我一身冷汗。

看见手机上显示"沙耶加来电",我甚至心想"可以的话,真不想接"。

打开手机后,我还在犹豫是否按下"拒绝来电"的按键。

接着,我抱着必死的决心,按下了通话键。

这时我告诉自己,一定要想办法说些话安慰她。

但接起电话时,大脑却是一片空白。如果真听到沙耶加落榜的消息,我准备的话应该一句也说不出来吧。

没想到沙耶加的第一句话居然是:"我考上啦!"

当时我还没反应过来,脑袋瓜好像宕机了似的。

这个结果完全出乎我的意料,除了"哎哟哟哟,恭喜你啊!"之外,根本说不出其他的话。

沙耶加也一样,只回了句:"谢谢!"

于是,我们两人不停重复着:

"恭喜你啊!"

"谢谢!"

"恭喜你啊!"

"谢谢!"

"恭喜你啊!"

"谢谢!"

"恭喜你啊!"

"恭喜你啊!"

"谢谢!"

"恭喜你啊！"

我们只说得出这两句话，中途还不小心说错了，变成她在恭喜我。

我只记得当时的大脑真的是一片空白。

"我马上去补习班。"沙耶加说完便匆匆挂上电话，我才发现自己的手一直抖个不停。

"真的假的？我太厉害啦！"

"你的脸好脏哦！"

听说沙耶加当时心里想的是："坪田老师一定在等我的电话，他肯定不会主动打来问我结果。"

所以决定等我一接起电话，她就立刻大喊："我考上啦！"

因为我表现得太震惊，她马上察觉到"老师果然没料到我会考上"。

不过，她还是想直接到补习班当面向我道谢，就立马挂了电话，跟奶奶、爸爸、妈妈分别抱了一下之后，骑上自行车就往补习班赶。

从她家到补习班开车需要十到十五分钟的时间。沙耶加素着一张脸，穿着运动服，飞快地蹬着自行车。

因为正值寒冬，沙耶加骑到补习班的时候，不仅全身是汗，脸上还挂着鼻涕。

看见她这个样子，我打趣道："你的脸好脏哦！"

不一会儿，消息传开了，补习班到处都是"恭喜你"的道贺声，沙耶加说她当时真的开心死了。

考试结果关系到考生的个人隐私，我们通常不会在补习班讨论这件事。不过那时，我还是忍不住告诉全班的人："沙耶加考上了！"

所有同学都惊讶得不得了，自然而然地鼓起掌来，向沙耶加道贺。

顺带一提，前面那位曾说"梦想是杀掉当医生的爸爸"，并视沙耶加为偶像的男同学，当时参加考试不在班里。如前文所说，他后来也放弃了这个荒谬的"梦想"，现在已经当上医生了。

而之前曾夸下海口"你要是能考上庆应，我就脱光衣服，在这里倒立走一圈"的老师，听到沙耶加考上庆应后，只是讪讪地笑着说"真的假的"，然后摸摸鼻子走开了……

沙耶加一家接下来的打算

之后，我和沙耶加的爸爸妈妈见了一面，两人当时开心的模样令我永生难忘。

尤其是爸爸，笑得像少年一般灿烂。

"坪田老师，我觉得好像在做梦。你知道我之前打过棒球吧？其实我也一直很希望自己的孩子能考上庆应，现在梦想成真了，真的非常谢谢你。"

明妈妈也这么告诉我："老师，我不知道说什么好，我和沙耶加一直都很相信老师你，但没想到真的能考上……都是老师你的功劳。"

我诚惶诚恐地对沙耶加的父母说："非常恭喜两位，实在太棒了，沙耶加马上就是庆应大学的学生了——"

看着他们的表情，我心里感慨万千，再也说不出任何话。

沙耶加刚开始准备考试时，爸爸总是装出一副漠不关心的模样，然而这一年半来看到女儿这么努力，他的想法也有了很大的转变。

多年来，这对夫妻由于教育理念不同，一直处于对立状态。但是借由这个机会，爸爸终于认同妻子确实将女儿培养成了一个性格开朗、认真努力的好孩子，知道了妻子并不是毫无下限地宠溺孩子，放任孩子变成恣意妄为的辣妹。

爸爸曾有一段时间觉得自己的女儿没救了。没想到，她居然能意志坚定地奋发用功，变得这么认真上进，甚至考上庆应大学……爸爸深深地为妻子和女儿感到骄傲和自豪。

这样的变化，比沙耶加在入学考中得到好成绩更值得开心。

后来，沙耶加租好房子、搬去东京上大学的当天，爸爸也来帮忙了，还给她买了一只宝格丽手表作为入学礼物。

沙耶加明白爸爸此刻已全然放下过去的心结，并且用这种形式来表达爱女儿的心情。

"我的性格其实跟老爸很像，简直一模一样。"沙耶加说。

正因如此，父女二人才常常吵架，你一言我一语地互不相让，最后变成两个人都下不了台。

总是一言不合就跟自己杠上的女儿要搬去东京上大学了，爸爸应该会觉得很寂寞吧。

听说最近沙耶加一回到家里，就会飞扑到爸爸背上，两人的关系变得非常好。

现在，沙耶加每半年回名古屋一趟，会顺路来找我，就像备考时一样，和我分享自己的近况，还有家里的、朋友的种种事情。

听说她父母现在还会两个人一起结伴去旅行呢。

"爸爸和妈妈最近感情超好，走到哪儿都黏在一起。"沙耶加开心地说着，不由得又骄傲起来。

后 记

我的学生——沙耶加的故事就给大家讲到这里吧。

非常感谢各位读者能抽出宝贵的时间把整个故事读完。

希望大家都能从中获得一些积极正面的能量。

借着此次重新回顾和梳理素材、访问沙耶加的过程，我也深刻体会到"现实生活比小说更离奇"这句话的含义。

一个连"圣德太子"这么简单的词都会读错的女孩子历经重重困难，终于有所成长——故事到此为止都很容易接受（当然，能考上庆应大学说明她确实是有实力的）。

但是，她第一志愿（庆应大学文学院）没有考上，竟然是因为考前喝了我送她的咖啡拉肚子，导致发挥失常……这会不会太扯了点？

但事实的确如此。

说个题外话，沙耶加的妹妹小真去年（二〇一二年）考上了上智大学，成功帮姐姐雪耻。辅导小真应考的中野是我经营的补习班"青蓝义塾"的老师，工作能力出色，是我的左右手。他听了这个故事后，竟然也在考试前给小真送了一罐咖啡……

当然了，小真知道姐姐曾经的"咖啡滑铁卢"事件，并没有在进入考场前的最后一刻把咖啡喝掉。（笑）

在帮沙耶加备考期间，我和她的爸爸几乎没有接触，只是常听沙耶加在背后说他坏话。（笑）

在此希望各位读者不要误会，因为大多数家庭里，爸爸和女儿的相处都是这样的。青春期的女孩子几乎都会无缘无故地嫌弃自己的老爸。

不过现在，很多人都觉得沙耶加一家是"理想家庭"，而我也从这家人身上学到一件事，那就是"孩子的成长和整个家庭的成长是同步的"。

组成家庭的夫妻有着不同的教育背景和价值观，两人之间发生争执也是在所难免，不能单纯地归结为谁对谁错或哪里出了问题。从两人成婚后算起，"家庭"也只是一个从头开始成长的"成人"。

我因为职业的关系接触过很多家庭，在长达十年的时间里目睹过许多家庭千姿百态的"内部情况"，才终于领悟到这个道理。

"庆应毕业的沙耶加"——如果只看结果，很多人肯定都觉得她是天生优秀吧?

但是,在读完她的故事之后,我想大家就会了解她走过了一段多么曲折离奇的路,克服种种困难,才最终拿到庆应的录取通知书。

所以呢,所谓的"理想家庭",也是经过一番跌跌撞撞才得以诞生。

沙耶加的爸爸其实是个非常热心肠的人,二〇一一年"东日本大地震"发生时,有个东北地区的客户车子坏了,他立刻用卡车载着一部代用车走高速,当天就把车送过去了。

还有一次,沙耶加爸爸听说某个前同事带家人开车去东京迪士尼乐园玩时,车子在千叶县发生故障,他马上从名古屋千里迢迢开车赶过去帮忙——诸如此类的故事数不胜数。

我曾问他:"你为什么乐意付出这么多?"

他告诉我:"老师,如果朋友在你面前晕倒了,你会救他吧?但如果他倒下的地方在十米,甚至一百米开外呢?这与距离无关。只要帮得上忙,不管多远我都会去。"

这一席话让我非常感动,也恍然大悟,沙耶加的正义感这么强,个性这么直率,其实是深受她父亲的影响。

但是,就连这么助人为乐的父亲,在与家人相处时仍需要不断地"试错",经历各种失败,才能找出正确的相处之道。

理想的家庭正是在这一次次的摩擦与冲突中诞生的。

这就是我从沙耶加一家人身上切实体会到的道理。

沙耶加的双亲在职场、夫妻关系、人际关系、子女教育等各个方面，都遇到了不少困难。正因为他们最终跨越了这些障碍，才能达到理想的境界。他们教会了我这件事。

这也让我产生了"重新培育"自己的公司和家庭的念头。虽然势必经历种种困难与失败，但我想尽力克服这些挫折，让以后的人觉得"他们本来就很好"。

没有谁是与生俱来的庸才。即使没人看好，自己也差点放弃，只要还有"决心"和"方法"，我相信每个人都具备足以改变现状的力量。因为我从沙耶加一家人身上看见了这一点。

还有一件事，我一直想对沙耶加说，却总是说不出口，便借由后记告诉她吧。

沙耶加，我认为你成功的最大因素在于不怕丢脸，能舍弃莫名其妙的自尊心。

寻常的学生就算不知道"圣德太子"怎么念，也不会大声念出"圣德胖子"，更不会问出"平安京是什么人"这种问题。一般情况下，全年级成绩倒数、偏差值只有三十的学生更不可能对老师和同学说"我要考庆应"这种话。

但是你都说了。

你并不会因为害怕丢脸、自尊心过高，或是害怕失败而不敢把这些话说出来。

不管身边的人怎么说，你一直愿意冲破心防，勇敢地往前冲。

在某种意义上，我认为这是每一个被称为"辣妹"的孩子身上的共通点。

有些大人会嘲笑孩子随口说出的"白日梦"，等孩子达成目标之后，又不遵守承诺，甚至当作没这回事。你却能无视这些大人维护自尊的话，毫不气馁地喊着"我一定要做到"，并努力实现自己的目标。

这就是你宛如奇迹般考上庆应的最大原因，也造就了周围人口中"你本来就很优秀"的"结果"。

我想，你应该也知道。当孩子或公司的下属说出自己的梦想并为之努力时，"投以温柔的目光并给予他们支持"是多么重要。

想必明妈妈当初在支持你时，曾遭受过外界不计其数的声讨和反对，并因此而受伤吧。

我也是这次执笔才知道，她是因为孩童时期的各种经历，才有如今这么强大的意志力。

在周围人眼里，明妈妈或许只是一个"把孩子宠坏"的母亲，这种情况并不稀奇。对那些认为你考上庆应是天方夜谭的人来说，你的成功除了让他们羡慕，更进一步挑起了他们的嫉妒。

在这种情形下，你有一位信念坚定、守护家人，并付出爱心与关怀的妈妈一直陪在身边，真是太幸福了。这段经历、这些你可能认为再自然不过的陪伴，才是你得到的最宝贵的"成果"。等到你自己成为一位妈妈时,一定也是孩子最棒的靠山。

即使与全世界为敌,你也能坚定地与孩子站在一起。

我想再强调一遍:"当孩子说出自己的梦想并为之努力时,身边的人只要相信他们,并在一旁默默守候就好。"真的只要这样就好。

由于失败的可能性很高,"丢脸"或是"出丑"在所难免,所以一般人都做不到。其实出版这本书也一样,好像把自己的无知赤裸裸地摊在众人面前。

当你知道自己考上后,曾对我说:"老师,你可以把我以前的成绩单放出来给大家看哦。让大家知道就算是像我这么笨的人,只要用功努力,也能考上好大学。"

我问:"你不觉得丢脸吗?"

你回道:"但这都是事实啊,我以前真的什么都不懂。当然也觉得很丢脸,但如果这样能带给大家勇气,不是很好吗?"

我听了佩服得五体投地,如今回想起来,你就是"很有勇气"这一点跟别人不一样,我在你身上学到了勇往直前。今后也会善用这一点,尽力去帮助社会上更多需要帮助的人,哪怕丢脸也不怕。

最后我想借这次机会,感谢众多为本书的出版提供过帮助的人。

首先当然是已经成为优秀的社会人士,并持续不断地为社会贡献力量的沙耶加。

接着是子承父业、将来必定升任公司总经理的沙耶加的弟弟,和他贤惠的太太及孩子。

还有曾在我们补习班上课、给予许多宝贵意见的沙耶加的妹妹小真。

以及除了采访取材,也在很多方面提供支持协助的沙耶加的爸爸和妈妈。

没有各位,就没有今天的我,真的非常谢谢你们。

角川出版社的工藤裕一主编,特别感谢您对我的鞭策及编辑成书等方方面面的照顾,您是我的师父,对我来说,这次出书最大的收获就是认识了您,感谢与您相遇。

担任日文版封面模特儿的石川恋小姐,你的气质真的和当时的沙耶加非常相似,听说你在拍摄现场也非常努力,谢谢你。

曾拍过"桃色幸运草Z"等知名偶像组合的饭冢昌太先生,这次能使用您拍摄的照片作为日文版封面,实在非常荣幸。

负责校对和审阅的田中由贵先生,谢谢您借由本书的制作,让我知道语言的重要性。

我的两位毕业于东京大学的学生末吉弘昂、朝田启允,谢谢你们对本书中的读书方法提供的宝贵意见。

坪田补习班的各位老师,谢谢你们一直以无与伦比的上进心在背后支持我。

沙耶加初高中时期的朋友，谢谢你们接受采访并提供相关信息。

投稿网站STORYS.JP的每位工作人员，本书得以出版，离不开你们日复一日的协助，期待你们今后不断传递新的价值观。

为人师者的母亲，谢谢您这么多年独自辛劳，将我培育成材。

还有我的妹妹，你是我永远的对手，同时也是我最尊敬的医生。

谢谢我的爱犬MARU，最近终于学会自己上厕所了。

我最爱的太太，谢谢你温暖的笑容和对我无微不至的关心与照料。

最后当然是读完本书的各位读者，谢谢你们，由衷感谢这份令你我相聚在一起的缘分。

坪田信贵
二〇一三年十二月

沙耶加的信

开始准备考试、认识坪田老师以前，不知道为什么，我总是没来由地瞧不起身边的大人。除了朋友以外，似乎每一个大人都认为我是个废物，我真的很讨厌他们。那时，我很珍惜和朋友在一起的时光，觉得只有他们懂我，只有叛逆或反抗才能保护自己不受伤害。

当时我其实很清楚自己一无所有，因为完全没有目标，所以也没人对我抱有期待。有时会想，如果就这样进入社会，自己不知道会变成什么样，开始感到担忧和不安。

即便如此，坪田老师口中的"辣妹时代"对我来说仍是一段非常宝贵的时光。虽然大人们总是冷眼相待，但不管是辣妹还是小混混，都拥有自己的想法，朋友之间关系很要好，也在仔细观察大人的所作所为。大家其实知道自己应该努力一点，但是努力好像给人的感觉很土、很丢人。当时我也是这么想的。

"再这样下去铁定考不上大学,既然考不上,那就干脆不考了,毕业后随便打个工,早早结婚生子算了。"这样的人生应该也蛮幸福的吧。

但就在这个时候,我遇见了坪田老师。

坪田老师和那些总是耷拉着一张脸的老师不同,是一位肯定我的老师。他一见到我,就笑着一直夸我,还跟我说了很多话。我说话的时候,他也很认真地听。

我心想:"原来还有这样的大人啊。"因为很开心,我愿意削减和朋友玩的时间来补习班上课。当我告诉大家自己想报考庆应时,每个人都笑话我,根本没有人相信我能考上。是啊,因为我说的时候也是很随便的语气。但是坪田老师那样有趣,照他说的去做,不知道会发生什么,我就抱着玩耍的心态开始用功读书。

学了一阵子,我被自己的无知惊到了……再这样下去,就算要结婚生子应该也很惨吧?因为没办法教孩子任何东西……同时,我也体会到原来弄明白以前不知道的事情是这么快乐,这么令人感动。后来又发现读书实在是人生一大乐事,甚至觉得以前荒废了许多好时光。自从老师教给我一些关于政治的知识后,我开始慢慢听得懂新闻主播说的话了。读了日本历史的漫画之后,又很想去国内的很多地方旅行。我觉得之前真的亏大了,所以加倍想拓宽自己的世界,开始认真地想考上庆应。

就这样，庆应大学这堵高墙慢慢地出现在我的面前，而且距离越近，越觉得这堵墙似乎高得吓人。我拼尽全力地向前冲刺，回过神来，突然发现身边的人都变了。我深深感受到，原来当一个人努力做某件事的时候，大家都会全力支持、温暖守候。起初只有妈妈和坪田老师站在我这边，但后来发现身后多了好多啦啦队，这些都成为支持我向前走的力量，在黑暗中为我照亮前方。

而到了终于跨过这堵墙的瞬间，我感受到一股无法言表的巨大力量。我知道自己的未来将要气势恢宏地展开了。坪田老师告诉我："这些将会成为你自信的根基。"这句话被我记在心里很多很多年。

在庆应读大学的四年间，我认识了很多人，累积了很多只有在这里才能获得的经验。这段时光就像做梦一样。当然，我同样也碰到过许多艰难险阻。但是我深知，经历的挫折越多，越能让我看清什么东西对自己最重要。

大学毕业之后，我进入一家婚庆公司工作，做婚礼策划，负责为每一对新人人生当中最重要的日子出谋划策。或许有些读者会认为："一个从前连汉字都不会念的人，真的做得来吗？"但是不管别人说什么，我都能抬头挺胸地说，这就是我的天职。如果当初没有遇到坪田老师、没有经历考试和这么多让人充满感激的事情、没有这一段在庆应的时光，我想我应该无法从事这份工作。

我之所以选择婚庆行业,其实还有一个原因,就是我最感谢的父母。任何一个家庭肯定都和我家一样,经过各种冲突和磨难,才迎来幸福的日子。在结婚典礼这一天,新人们可以对父母说出以前说不出口的感谢之辞。每次看到新人和父母之间深深的羁绊,都让我想起自己的父母。

我爸爸在书里给人的感觉貌似有点坏。叛逆期的时候,我的确说过他的坏话,但现在,他是我最尊敬的爸爸。除了他,我还不知道有谁像他这样助人为乐。进入社会工作之后,我更能体会身为公司经营者的爸爸有多么伟大。他是一位令我景仰、胸怀宽广的优秀父亲。

还有我的妈妈,她完全像书里所写的那样。很多人或许觉得她只是个"溺爱孩子的怪兽家长",但是妈妈以身作则教会了我很多东西。一个人无论经历多少次失败、面临生死关头,只要身边还有一个人愿意陪伴自己、支持自己,就不会掉进无底深渊。我妈妈当时不管如何被身边的人批评,甚至不惜站在社会舆论的对立面,也一直相信我、理解我、保护我。看见妈妈这么为我着想,虽然我年纪还小,内心也有所触动。直到后来长大成人,我才更深刻地体会到妈妈一直保护我,让我不被社会上那些并非绝对正确的观念和虚荣的世俗眼光伤害,是多么不容易。妈妈真的为我付出了很多很多。

爸爸、妈妈,我想借这个机会告诉你们:非常谢谢你们这么关心爱护我！你们都是我的超人！

亲身体验之后，我才明白，只要抱着必死的决心去做，人生就能改头换面。人生完全可以靠个体的努力去逆转，这是我体悟出的道理。所以，当然是选择越多，人生越有趣。希望我的人生可以让爱我的人和我爱的人都能收获喜悦。

明年我就要结婚了。我和先生是在上大学时认识的，他喜欢夸人的程度一点都不输给坪田老师和妈妈。他真的非常优秀，跟我在一起有点令我意外。我在男女交往方面的运气一直很差，现在总算能回应书中提到的妈妈对我的期望了。

坪田老师，谢谢你当初给了我这么棒的一颗种子，真诚地对待我，陪我一起笑、一起哭。

你说得没错，庆应真的很棒！

我之前做梦也没想过自己的经历竟然能被写成一本书。老师，你说得一点也没错。

各位读者读完这本书后如果有一点点触动，我就太幸福了。

有些话，我想告诉正在阅读这本书的你。

努力的感觉其实很不错。

就算我当时没考上庆应，被其他大学录取，我还是会这么想。因为在备考期间获得的东西，和考上庆应具有同等的价值。努力的目标可以是任何事情，就算不是为了考试也没关系。我想大声说，人一生中其实并没有太多可以为之拼命努力的目标，但是连我都可以做到，每个人只要努力，也一定做得到！

希望大家不要觉得我是特殊案例，尽管将我的经验套用在生活中吧。

我由衷地希望，不管是教书育人的一方，还是接受教育的一方，都能从彼此身上感受到更多的幸福，希望这样的世界能变得越来越宽广。

也希望这个世界上，每一个家庭、学校和教育机构，都能更加和乐。

由衷感谢每一位读完这本书的读者。

非常谢谢大家。

附录
坪田式人才培养法

身心的姿态

◎ En face position

首先从正面直视对方的脸,彼此之间的距离保持在三十厘米左右,确保双方的眼神能有所交流。

在接下来的相处中,为了更快更好地塑造双方的亲密关系(信任感),可以在心中冥想:"我和对方没有距离。我们在心中拥抱彼此,就像母亲用双手和身体环抱住婴儿的四肢和躯干一样。"

如此一来,脸部表情会放松很多,并释放出幸福、愉悦、笑容等正面状态,非常有利于双方对话的顺利进行。

"En face position"是一种最理想的亲子面对面的姿势,常见于母亲和婴幼儿之间。

保持这样的状态,再去指导学生或公司下属吧。这样做会快速拉升彼此之间的信赖感,令对方敞开心扉。

新生入读补习班的第一次面试,基本上都是由我负责。截至目前,我已经面谈超过一千名学生。而且,每一位学生在事后的问卷调查上写的都是"和老师的交谈很愉快"。这都要归功于这一点。

通常只要进入这种状态十分钟左右,我就能与学生建立起某种程度上的友好关系。很多学生都说和我"初次见面就聊得很投机"。

◎ **开放的姿势和封闭的姿势**

坐着的时候,建议各位和对方面对面,双手打开平放在桌面上,这个姿势称为开放的姿势。如果双手交叉抱胸,就是封闭的姿势——这是一种表示拒绝的身体语言,要特别注意。

◎ **以礼相待**

人会在无意间模仿对方的态度,所以必须时时礼貌待人。在具体的操作上,要坐有坐相,挺直腰杆,使呼吸顺畅,延长集中注意力的时间。

此外,谈话开始前和结束后都要打招呼。开始前打招呼,旨在收起双方嘻嘻哈哈的态度,快速切换到"现在要开始指导"

的状态；结束后打招呼则能减少很多不必要的对话。

◎**即时反馈**

如果对方做出任何反应，必须在第一时间让他知道这样的反应是否正确，如此一来便能加深对方的记忆，也能及时调整自己的行为。

除了将结果告诉对方，最好也能随时对对方的思考模式做出即时反馈。

请各位务必明白，老师和公司的上级不单单是指导者，更是"具有主观能动性的数码相机"。

例如，当你看见学生的某种行为之后，可以做出"所以你要先读教科书吗"的即时反馈。

◎**言传身教，并适时给予赞美，才能打动人心**

在用语言传达信息前，不妨试着将其可视化，方便对方进行"模仿"操作。在纸上画图时，尽可能画得越大越好，让对方看得一清二楚。

这样一来，就能形成如下所示的良性循环：

①让对方看到图像化的具体指示

②告知重点

③请对方复述一遍

④请对方独立操作

⑤对方完成指示

⑥给予赞美

⑦对方还想做更多

很多领导都会提出"愿景",和这里的"可视化"一样,只有"看得见的未来",才具备传播的意义。

◎ **无须事事教导,但须事事支援**

比传授知识更重要的,是告诉他们具体的做法。在他们试着去做时,不要中途插手,等他们自己发现错误。

◎ **改变自己而非对方的行为**

请牢牢记住,我们无法改变别人,能改变的只有自己。所以别去责备学生或公司的下属,当他们没有按照要求操作时,就换个说法重说一遍。

◎ **行动疗法**

不要再用"为什么没做到?""为什么做不到?"的方式追问原因,建议直接告知对方哪些操作是多余的、哪些做法没到位等。

比如,原本应该昨天交作业的学生却没按时上交,质问他"为什么没交?"这个行为毫无意义,应该直接跟学生说"今天放学回家后,马上坐到书桌前写作业吧"。

再比如，遇到有些妈妈习惯天天对孩子进行棍棒教育的情况，大多数需要先解决母亲过去的心理创伤。可以先向对方提出诸如"能不能减少到一周打四次"（删减对方的行为）的建议。

◎ **养成先夸再说的习惯（发型、服装等，什么都可以）**

与学生或公司下属初次见面时，就第一时间称赞对方，能让他们更容易卸下心防（即时反馈）。例如可以说，"你笑起来真的很好看"。

◎ **一致性**

赞美他人时，必须做到面部表情、语音、语调都和对方一致。单纯的口头称赞其实没什么用处。（很多老师做不到这一点！）

◎ **第一次见面，立刻说出对方的二十个优点**

很多老师不懂如何夸奖学生，我要求他们练习在纸上写出对方的二十个优点（不懂怎么夸赞别人的老师实在太多了）。面对公司的下属也是一样，先尝试把对方的二十个优点写出来。

◎ **以较高的声调和情绪说话**

虽然我们普遍认为说话时音量适中听起来最舒服，但大多数经常上电视的名人（企业家、歌手等）说话的声调都偏高。而且男女歌手的声调本来就高八度，因为这样更容易触动人心。

◎ **交流时直视对方**

我曾经做过一项关于老师辅导学生时会花多长时间"直视"学生的调查，结果发现竟然不到辅导全过程的百分之二十。连跟学生交流的时候，眼睛也是更多地盯着教科书或是自己的手。这项调查同时发现，我和学生讲话时，有百分之六十以上的时间都是直视学生的。

交流时直视对方，其实是构筑双方信赖感的基础。

教学经验越少的老师，直视学生的时间通常也越少，所以大家辅导功课的时候，请务必多看看学生，这是最基本的态度。各位同仁不妨拍摄一段视频看看真实的情况，相信你一定会发现，原来自己和人说话时，并不像想象中那样看着对方。很多老师预估自己"看着学生的时间占百分之七十"，但实际上只有百分之二十。我自己则是预估百分之九十，实际却只有百分之六十。

我曾经辅导过一位学生，帮助他在一年内把偏差值从六十分提升到将近八十分。考上东京大学后，他对我的评价是："老师比之前任何一位老师都了解我。"这纯粹是我花很多时间"看着学生"带来的好处。

直视学生或公司下属的时候，必须同时观察他们的表情，并留意以下几点：

①注意力是否集中？

②看起来是否开心？
③觉得自己哪里表现好？
④觉得自己哪里表现不好？
⑤觉得自己哪里表现普通？

◎选择学生感兴趣或能理解的例子进行说明，提高亲和力

例如和足球队的学生交流时，就举足球方面的例子；和年轻女孩交流时，可以用恋爱方面的话题举例。

◎初始效应与最新效应、叠加效应、莱斯托夫效应（孤立效应）

人在记忆时，一般来说最初和最后的信息最容易留下，这种现象称为"初始效应"或"最新效应"。因此传达重要信息时最好能放在最前面，并在最后做一次总结。

还可以进一步问对方"这次学到的最重要的东西是……"，要求对方进行重要信息的复述。这样的做法有助于记忆更清楚地留存在大脑中，更容易改变对方的行动。

当公司下属犯错时，滔滔不绝地说教只会带来最差的效果，要尤其注意。口头沟通的时候，如果是五分钟的交流，复述时只能说出一半内容；十分钟的话会再降低一半；十五分钟则几乎是零。

所以当父母对孩子说教超过十五分钟，说完了再问孩子："我刚才说了什么？"几乎得不到有效的反馈。

此外，相似的信息罗列在一起很难让人记住，这种情形被称为"叠加效应"。因此很多人会在阅读大量文字信息时用荧光笔上色标注，借着突出某些特定的区域来加深记忆，这就是孤立效应。

那么，口头交流时该怎么办呢？如果非得进行长时间的说明，建议每五分钟加入一个"笑话"，或说些完全不相关的内容，吐槽学生或公司下属让大家乐一下也可以（让对方有参与感和现实感）。这样可以有效地减轻叠加效应，让初始效应和最新效应更容易发挥作用。

一位借由这些技巧提升偏差值、最终考上医学院的男学生告诉我："其他大人总是滔滔不绝地讲相同的话，坪田老师却总是马上察觉到我哪里不对，提前将大量信息整合后才告诉我，让我觉得很过意不去，自己也想改进一下。"

◎尽量把字写大一点

圣德太子　圣德太子　**圣德太子**

这三种大小的字哪一个看起来更加重要呢？相信大部分人都会回答"是第三个吧"。其实从来没人教过我们"大字看起来更加重要"，这是我们的自然反应。

读教科书时，我们会认为粗体字比较重要，而笔画较细的字则不那么重要，这也是我们的自然反应。

换句话说，当我们在笔记本上记录信息时，重要信息一定要用大字来记，这样更方便判断信息的重要性，也更有利于记忆。

因此，我教学生背书的时候都告诉他们，要用活页纸或报告纸，然后尽量把字写大一点。

◎一定要做内容输出

内容输入（input）和内容输出（output）是两种完全不同的作业流程。考试和进入社会工作属于哪一种呢？答案是"内容输出"。

读书则属于"内容输入"。但只是纯粹的阅读，发出些"原来如此、太棒了"之类的感慨，而没有自己的理解输出的话，这书等于白念，一点社会意义也没有。

因此，"只在课堂上听讲"并没有用，输入的内容必须经过自己的梳理，再进行输出——这就是复习的本质。我最推荐的复习方法就是前文提到过的"康奈尔笔记法"。

康奈尔笔记法的诀窍在于将十个重点信息整合成一个记录下来，在家里复习时，再从这一个复述出原来的十个，这是非常有效率的复习方式。

辅导学生准备初高中的阶段考时，这个方法几乎是百试百灵。本来五科总分只能拿二百多分的学生（每科平均四十几分），用这个方法复习，提升到四百多分（每科平均八十几分）是很常见的事。

◎刷真题

备战升学考试时，多刷真题是非常有必要的，但在日本却很少有初高中生真的这么做。

所谓"真题"，指的是在日本大学入学考试中出现过的原题。只要做过一两年前的真题，很容易发现今年的题目是否有和之前一样的。就算题目不一样，也可以从中得知哪些地方是重点，从而有效率地拟订学习计划。

曾有一名学生已经完全放弃阶段考，连续拿了好几个零分，在我的要求下练习真题后，考了好几次一百分，开心得不得了，开始奋发用功。最后即使不刷真题了，只在学校上课时认真听讲、回家认真复习，也一直保持着好名次，甚至成为全年级第一。这个方法有时能带来这种戏剧化的成果。

不过，每个学校的真题很难拿到，近几年可通过"日本高中阶段考试真题网"进行购买。

◎切勿患得患失

这是我辅导学生备战升学考试时说得最多的话。我经常告诉学生，不要让情绪处于一下子悲伤，又一下子高兴的状态。

和喜欢的人吵架了、故意不和爸爸说话、英语怎么读都不懂……沙耶加大概每星期会叨叨三遍自己有太多的烦心事。同时，每周也会说三次开心的事情，比如偏差值又提高了之类。

但是，如果情绪经常这么起伏不定，脑子里很容易冒出各式各样的理由，变得不想读书，像是"今天心情不好，读不进书（没心情工作）"。

一个人最终能否获得成功，会不会收获人生的果实，完全取决于在这种极度紧张、精神和体力也欠佳的状态中，能否平静沉稳地发挥实力。如果平时有意识地训练自己的意志力，做一些无论悲伤或开心都能迅速平静下来的情绪练习，成功率将会大大提升。

◎ 开放式问题和封闭式问题

老师和公司主管在测试学生或公司下属的理解能力时，需要注意自己采用的是"开放式问题"还是"封闭式问题"。

所谓的开放式问题就是："最近怎么样？"

封闭式问题则是："最近做过广播体操吗？"

开放式问题可以有无限的答案，自由度较高；而封闭式问题则发挥余地有限，自由度较低。

如果觉得对方的理解能力很好，希望听到对方更多的想法、判断对方是否合群等，可以选择开放式问题进行提问。

如果觉得对方的理解能力一般，甚至某种程度的沟通都需要协助时，可以选择封闭式问题。

最常见的例子是公司主管以开放性的方式问下属："手头的工作做得怎样了？"对方回答："嗯，很顺利。"主管就突然生气说："我是问你进行到哪里了？"这种情况是最糟糕的。因为主管以开放式问题询问下属，对方当然会以开放性内容回答。会出现这种情况，说明这个公司主管在提问之前，根本不知道自己想问的是什么。

◎ **如何对待迟迟无法理解的学生和公司下属**

很多老师和公司都喜欢先让学生和下属理解。

其实"会做"要优先于"理解"，对于做不到的人来说，理解也是很难的。

反过来说，当学生或公司下属表示无法理解时，大概只是在心理上觉得自己不擅长。

这时不妨建议他们："你可以先按这个顺序做一次。"等他们实际做过，发现自己办得到后，再对他们说明为什么这么做，如此一来便能让他们理解透彻。

做理科实验的时候，都会让学生实际操作一遍，再说明其中的原理，道理是一样的。

重点在于说明之前，先让他们觉得自己办得到。

◎ **重点信息提炼到三个以内**

辅导时建议将重点信息提炼到三个以内，在脑子里先过一遍，再口头说明。

三个以内非常重要！这样才能让听的人把信息扎实地留在记忆中，更容易认知。

我之前去新西兰时，听说牧羊人在数羊的时候都以三只为单位，据说银行工作人员数钞票时也是每次数三张。

因为三个一组是绝对不会数错的最大值。

辅导结束后记得问"刚才学到了哪三点"，要求对方做内容输出，从而加深记忆。

◎他们说"我懂了、我会了"之后，要做类似的习题演练

基本上，当我看到学生露出"我懂了"的表情，或是听到学生说"我会了"之后，都会要求"好，那我们再来一题"，接着让他们做类似的习题演练。

这么做不是为了确认他们是不是真的会了，"加强他们的自信心"才是真正的目的。

一个九月才进我们补习班的高三学生用这个方法辅导后，英语和世界史的偏差值不久便提升了二十分左右。

◎"解读"的要领

这是我最重视的辅导项目。很多人说我是补习界名师，而获得外界一致好评的关键，我想就在这里。

我辅导学生时，重点不在于教他们怎么"阅读""默读""朗读"，而是教会他们如何去"解读"。"读"字原本就有"解读"的意思，我经常强调"读完之后要理解"，并且告诉学生："不能只是读，必须要读懂才行！"

例如"午安,我的名字叫塞凡·铃木"这句话,你会如何解读其中的含义呢?

大多数学生回答:"啊?啥意思?不就是这个人叫塞凡·铃木吗?"

我接着问:"没错,但他说'午安',你觉得大概会是几点呢?一般人介绍自己的名字,可能是在什么场合?从他介绍自己的名字叫塞凡·铃木这一点,可以推导出怎样的信息?"

抛出这些问题之后,学生们便从这个句子中解读出了如下内容:"哦,我知道了,说话时间应该是中午,两人估计是第一次见面,这个人应该是混血儿,大概是男生吧?可能是东欧和日本的混血儿。"

用上文所示的方法进行这样的思考,有意识地以解读的方式进行阅读。只要反复练习,孩子的成绩就会不断提高,也会逐渐懂得察言观色。

带学生进行这项练习时,有一点非常重要,那就是老师要比学生解读出更多信息。这时每一个孩子都会两眼发光地看着你,觉得"原来从中可以看出这么多东西啊",从而深受感动,接着会更专心地听讲,解读文章的能力也会变强(因为阅读之前已经有了解读的意识,所以更能集中注意力,也就自然而然能累积更多知识)。

心理学篇

◎蔡格尼克记忆效应

大部分人对于尚未处理完的事情都会抱有憧憬和兴趣，这就是蔡格尼克记忆效应。

例如电视连续剧通常会在每一集结束前最精彩的地方，打上"未完待续"的字幕，瞄准的就是观众这种心理。看到一半突然中断，会让人产生"咦？后来怎么样了？"的好奇心。如果一口气把故事讲完，反而无法持续激起对方的兴趣。读书和工作也是如此，与其断在告一段落时，不如断在意犹未尽时。

曾有个学生跟我抱怨："每次念书时听到妈妈喊我快去吃饭就很烦，念到一半突然停止，想继续复习就很困难了。"

我告诉他："这种时候，你就不要想念完书再去，而是应该直接把书放下，马上去吃饭。"

结果这个学生试过后笑嘻嘻地告诉我："我差一点就可以想出答案了，但是因为中途去吃饭，心里一直挂念着接下来该怎么解答。平时我吃完饭会看电视，但这次马上想回房间继续念书。我妈妈高兴得不得了，说我变乖了。老师，谢谢你！"

◎要说几次你才懂？

很多父母经常会在责备孩子时怒气冲天地大吼："要说几次你才懂！"

正确答案是——需要大概"五百次"。

我曾针对五十位孩子做过一项调查，针对英语中"主谓结构、时态、主动被动语态、名词复数规则"这四个最常出错的方面，调查孩子从回答错误到正确需要订正几次。

结果平均是五百次。

我想说的重点是，如果常骂孩子"到底要说几次你才懂"，只是将"不管说几次你都听不懂"的标签贴在孩子身上罢了。父母当然不可能把这句话说这么多次，建议改为开口提醒，但是大概要提醒五百次，孩子的行动才会有所改变。

父母意识到这一点，对待孩子的方式就会有很大差异。

◎如何建立与学生或公司下属之间的信赖感

评价一个人的标准大致可分为以下三类：

① Doing（行为）

② Having（属性/个性）

③ Being（存在）

Doing 指的是"没想到你会帮妈妈打扫浴室，妈妈好高兴，真的好喜欢你"这类关于行为的评价。

Having 指的是"年级排名居然提高了二十名，太棒啦"，"你当上了班干部，我觉得很骄傲哦"这类关于个人属性、地位、个性等方面的评价。

事实上，这两种评价方式背后也隐藏着"不帮忙打扫浴室，妈妈就不爱我了","如果我没当上班干部,就是个没用的人"这样的信息。

相较之下,Being则是"你的出生和成长让我们感到非常开心和喜悦"这类直接夸赞对方存在的评价。

据我个人所知,几乎每一位父母都是因为"Being"深爱自己的孩子,但是表现出来的几乎都是"Doing"或"Having",这实在非常可惜。

父母更应该向孩子传达"Being"这类评价,这一点同样适用于公司主管和下属之间。

举一个比较极端的例子。

假设有一天,你的孩子杀了人,这件事引来全社会的口诛笔伐,你当时可能会气得大骂:"我没有你这种儿子!畜生!"但是,大多数父母在多年后(不管几年,总之是很长一段时间)还是会带着东西去监狱探望儿子,或是心里挂念着孩子现在过得好不好。

也就是说,虽然孩子的"Doing"(行为)是最严重的"杀人罪","Having"(属性)是事态最严重的"罪犯",但父母终究还是以"Being"来看待自己的孩子,才会产生这样的结果。

但现实中却有很多父母总是不经意地把"怎么才考这么点分数,你真的很差劲!"挂在嘴边,实在非常可惜。

许多父母或许会提出反驳:"孩子就是不能老惯着!"每次遇到这种情况,我都会告诉家长:"不管孩子喜欢还是讨厌,社会对他们的评价都是从 Doing（行为）和 Having（属性）出发的。进入社会工作之后，就没有人用 Being 来评价他们了。你难道不觉得，至少有一个人用 Being 来评价自己是一件好事吗？如果这个人是自己的妈妈，那就更棒了！"

无论自己做了什么，变成什么身份，总有一个人愿意全盘接纳自己——唯有在精神层面加上这层安全网，人们才能诚实地接纳自己，才能受人喜爱。

对待学生，我都是用"Being"来评价他们的，也会尽量表现出对他们的喜欢。不管学生的分数有没有及格，成绩有没有进步，有没有什么叛逆行为，还会不会继续来补习班上课，我都认为与他们的相遇就是一种奇迹。

老实说，也应该这样对待公司下属，但实际执行起来却很困难。（笑）不过，我还是希望尽量去做到。

◎**复述**

复述就是像鹦鹉学舌一样重复对方说过的内容。听完对方的话之后，将内容稍微总结提炼一下，再说给对方听。在一些沟通磋商的场合，有人找自己商量某件事时，光是复述这个动作，就能让对方得知自己是否正确地理解了。

朗读在某种意义上也是复述的一种，与人相处时只要时时留意这一点，就能让对方安心许多。

◎靠一百元减肥的故事

减肥非常困难，这是为什么呢？

"想瘦"的欲望虽然很强烈，但"想吃"的欲望同时也很强烈——面临两种完全相反的欲望时，人通常会优先选择"即时满足"，而非"延迟满足"。减肥需要持续不断的努力，食欲却是一种可以马上获得满足的欲望。

那么，面临某些需要决心的人生大事时，该如何拥有坚强的意志力呢？

这时可以使用心理学的"展望理论"。

心理学认为当人面对得与失的时候，放弃"得"、选择"失"的倾向较为强烈，这就是所谓的展望理论。根据这个理论，你可以这么跟自己说："我立誓减肥。为了表示决心，如果我偷吃东西，就会把钱丢在路边。"等到傍晚肚子饿，脑子里闪过"吃点东西吧"的念头时，就会想到"如果偷吃就得把一张百元大钞丢到马路边"，这么一来就浪费了，变成"失"了，所以会改变念头："算了，还是不吃了。"

这个方法同样适用于读书和工作。

我问过某个上市公司总经理："你为什么工作这么拼命？"

他告诉我："我有贷款要还啊。（笑）不还的话，会给很多人造成损失，给他们带来很多麻烦的。"

譬喻篇

◎没干劲的人

"只要努力,一定能成功!"

这种话说得越多,越让人提不起劲。

如果当事人依照"只要努力,一定能成功"这种毫无根据的道理去做事,结果失败了,会显得自己好像没能力似的。

而且有些人明明就是想"躺平",身边的人却一直告诉他:"只要努力一定能成功。"

这样只会让他越来越想躺平罢了。

◎如何充满干劲

很多家长问:"我家孩子为什么老是提不起劲?只要他愿意,一定能变得很积极;只要他肯努力,就一定办得到。"

这时我会告诉他们:"你这样想的顺序是错的。"

"想做→去做→会做"这种普遍的认知其实是错误的,正确的顺序应该是"试着做→学会怎么做→越来越起劲"。

比如第一次打网球,如果刚开始就用力过猛,把球拍甩飞出去,或是跑几步就摔倒磨破膝盖,当然不可能产生"很好,我要好好练球"的想法。

正确的做法应该是请教练示范正确的握拍姿势,然后练习挥拍,就不会把整个球拍甩飞了。做到这一点就是一种"成长"。这时再告诉孩子："哦，你会挥拍了，很棒哦！"让他认识到自己的成长。

接着进行步法的教学，通过反复练习，就不容易摔倒了。这时也一样，记得让他感受自己的成长，并夸奖他："很不错哦，你进步啦！"

最后让他自己进行抛球、击球的练习。刚开始练习时，可能十次都打不中一次，甚至连球都沾不到边。这时必须要求他仔细看球，教他在心里默数"一、二、三，击球"的技巧，再让他自己练习。

练习之后，十球中打得到三球了，这时要称赞他，让他慢慢进步，最后就能去比赛了。而无论在比赛中取得胜利还是失败，孩子都会产生想变得更厉害的欲望，逐渐成长起来。

直到这个时候，他才会提起劲来。如果在刚开始还不会打球的状态，甚至是磨破膝盖、整个球拍飞出去，还能产生"好，我最喜欢网球了"的想法，那真的是超级受虐狂了。

◎举例了解"叛逆期"

其实，心理学一般不使用"叛逆期"的说法，正确的说法应该是"青春期"。

一般人所说的"叛逆期"，指的是孩子变得极端自私、情绪不稳定、言行上自暴自弃、感情波动大的这段时期。

很多家长看到自家孩子变成这样，都会忍不住想："如果他长大后还是这副德行，那还能有什么出息？得想想办法才行。"

事实上，这段时期是荷尔蒙产生变化的时期，即男生变得更加男性化，女生则变得更为女性化。也就是说，小时候看起来比较中性的孩子，性别特征会在这段时期变得越来越明显。处于青春期的少男少女，荷尔蒙会产生剧烈的变化，出现皮肤变差、长高、压力堆积的现象。

这些状况其实和某个时期很像，那就是"女性生理期"。女性的荷尔蒙在月经期间也会产生剧烈变化，导致皮肤变差，人也莫名烦躁等。

反过来说，青春期的孩子就类似一整年都处于生理期的状态。只要度过这段时期，人生的生理期就结束了。在这段时间，和孩子发生冲突时最好别总用"你太任性了""这种想法在社会上怎么行得通""妈妈也很不容易"等道理或者情感绑架孩子，这样说只会让他们更加烦躁。而且把这些标签贴在孩子身上，是不会有什么好影响的。

各位家长只要把孩子的叛逆期当作是"生理期"，以平常心看待，应该就能放宽心了。

◎三十厘米宽的铁板的故事

假设现在地上放着一块宽三十厘米、长五米的铁板，你能从铁板的这一头走到另一头吗？

大部分人都会回答"可以"吧？

当时，我在教室地板上铺了一张相同尺寸的纸，让学生实际走一遍。当学生顺利通过之后，我便和他击掌，发出"耶！"的欢呼。

之后，我在白板上画了一些图，问学生："这里有两幢三百米高的大厦，站在楼顶往下看，地面上的出租车看起来跟米粒一样大。人要是从楼顶摔下去的话，百分之百必死无疑。那么，我现在把同样宽度的铁板放在两幢大厦之间，假设完全没有风，你敢从铁板这一头走到另一头吗？"

每个学生都回答"不可能"。理由不外乎"脚都吓软了""心会跳出来""手心大量冒汗"等，所以根本不可能做到。

但是，冷静思考之后你会发现，这两种状况下对身体能力的要求应该是完全一样的。走在三十厘米宽的铁板上，对大多数人来说并不是什么难事，为什么在教室地板上铺报纸从上面走过去这么轻松，放在两幢高楼之间就变得那么困难呢？

很多学生笑着回答："因为掉下去会死啊。"

我告诉他们："不是的。你走在报纸上的时候，有没有想过'说不定会失败'？"

"没有。"

"对吧。但如果是在高楼之间呢？如果掉下去怎么办？好高啊，会摔死的……应该满脑子都在想自己会死吧？在这样的状态下认为自己不会失败或是游刃有余的人反而比较奇怪。你不觉得很有趣吗？我只是要求大家'用两只脚直立行走'而已，连猴子也会。可当你一旦产生'估计没办法''或许会失败''可能会死'这种消极的念头,身体能力就会跟着急转直下。"

在其他情况下也是如此。"应该会失败吧?""会被别人取笑吧?"……这些念头越强大,越无法流利地在众人面前发言,会变成:"大、大家午安……嗯……那个,我的名字……呃……"连平常滔滔不绝的话也说不出口。

也就是说,当失败的念头在你脑子里出现的那一瞬间,你的能力就会跟着下降,连最基本的说话也变得磕磕绊绊。

做任何事情之前,一旦有"感觉不会顺利""我最不擅长这个了""真不想做这个"等想法,能力就会瞬间降低。

学生一旦有"最讨厌数学了""就是不擅长数学"的想法,能力也会跟着下降到正常水平以下,变得无法顺利解题。

所以,大家凡事都不要先入为主,预设自己不会,而是要保持"我喜欢做这个""我一定能做到"的心态。

不过大多数情况下,就算我们这么想,执行起来还是很困难。这时就要把心里的想法说出来。想法这种时不时冒头的东西,本来随时都可能消散,这是没办法的。

但是鼓励自己的话,任何人都能轻易说出来。

以下是我辅导一个讨厌数学的学生这样做的典型案例。

"你喜欢数学吗?"

他一边苦笑一边闷闷地回答:"数学啊……喜、喜欢的。"

听到这话,我高喊:"耶!"同时举起手和这孩子击掌。

他和他的爸爸妈妈都笑了。

"你喜欢我吗？"

他笑着说："喜欢。"

"喜欢妈妈吗？"

"喜欢。"

"喜欢学校吗？"

他又笑着说："非常喜欢！"

"就是这样。还记得最初我问你喜不喜欢数学时，你的回答是不喜欢吧？那时候你的表情看起来很郁闷，但现在不是笑得很开心吗？对吧？保持这种心态，就能发挥出你真正的水平。接下来你要开始做数学题了，对不对？老师希望你把这些话说出口：可以做这些数学题，我真是全世界最幸福的人啊，请再布置更多的题目让我做吧。你会慢慢开始相信这些话，到了深信不疑的时候，限制你能力的心理障碍就自动解除啦！"

图书在版编目（CIP）数据

垫底辣妹升学记 /（日）坪田信贵著；胡欢欢译. -- 北京 : 新星出版社, 2025.3. -- ISBN 978-7-5133-5855-2

Ⅰ. I313.45

中国国家版本馆CIP数据核字第20256Y878L号

垫底辣妹升学记

[日] 坪田信贵 著　胡欢欢 译

责任编辑　汪　欣
特约编辑　翟明明　贺　静　石　嘉
装帧设计　韩　笑
内文制作　田小波
责任印制　李珊珊　史广宜

出 版 人　马汝军
出　　版　新星出版社
　　　　　（北京市西城区车公庄大街丙3号楼8001　100044）
发　　行　新经典发行有限公司
　　　　　电话（010）68423599　　邮箱 editor@readinglife.com
网　　址　www.newstarpress.com
法律顾问　北京市岳成律师事务所
印　　刷　北京盛通印刷股份有限公司
开　　本　880mm×1230mm 1/32
印　　张　7.25
字　　数　130千字
版　　次　2025年3月第1版　　2025年3月第1次印刷
书　　号　ISBN 978-7-5133-5855-2
定　　价　45.00元

版权专有，侵权必究。如有印装质量问题，请发邮件至 zhiliang@readinglife.com

GAKUNEN BIRI NO GAL GA 1-NEN DE HENSACHI WO 40 AGETE KEIO
DAIGAKU NI GENEKI GOKAKU SHITA HANASHI
Copyright © Nobutaka Tsubota, 2013
Simplified Chinese translation copyright © 2025
by Thinkingdom Media Group Ltd.,
All rights reserved.
Simplified Chinese translation published by arrangement with YMN, inc.
through Sunmark Publishing, Inc., Tokyo

著作版权合同登记号：01-2024-5966